やさしさの連鎖

佐々木公一
Sasaki Kouichi

難病
Amyotrophic Lateral Sclerosis
筋萎縮性側索硬化症

ALSと生きる

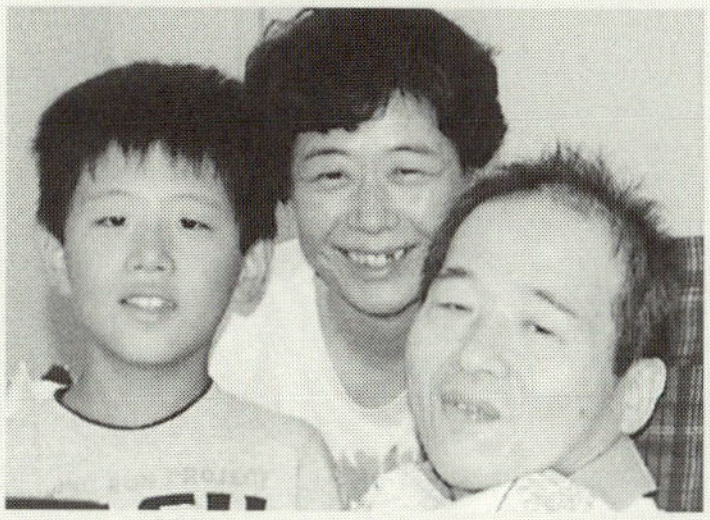

ひとなる書房

はじめに──難病の夫と生きる

✝ALSの告知と家族

告知された直後（一九九六年一一月）、私は「ああ、佐々木は障害を抱えて生きるようになるのだろう」と、自分が働いている障害者福祉作業所の仲間のようすをイメージしていました。筋萎縮性側索硬化症（ALS）という難病について私はその程度の知識しかありませんでした。主治医は、そのことを察知されたようすで「あなたが想像しているような簡単な病気ではないのよ」と、おっしゃって、数回にわたり時間をかけ、病気の進行や介護の問題などを説明してくださいました。私も、看護師の友人に尋ねたり、また私の姉が得てきた情報や、家庭医学書等を見て「予後が悪く、このままでは四、五年の命」という、ALS患者の一般的状況を受けとめざるをえませんでした。

この頃、ただただ泣けてしまう日々が続きました。「告知」は、私たちにとって、「死の宣告」に等しかったからです。

その頃、私と佐々木は再婚して八年になろうとしていました。長男は四歳でした。息子は家族のようすや、会話から感じるものがあるようで、私たちに「お父さんは病気なの？」「病気って？」「治るの？」とよく聞いたものです。その頃は二人とも言葉にならず、黙って息子から目を離してしまうことがたびたびでした。私は佐々木と再婚するまでの母子家庭の時期に、父親がいなくて、娘たちに寂しい思いをさせてしまったことなどを思い返し、また息子も、そのような境遇になってしまうのかと、この先への不安を重く感じていました。私たち夫婦はそれぞれに離婚を経て、縁あって再婚しました。その後の日々の暮らしの中で「夫婦とは」「家族とは」を改めて大切にしたいとの思いでいました。とくにお互い仕事を持ち、社会的活動にも積極的に加わり、仕事のこと活動のことを語り合える、まあまあいい夫婦かなと思える日々をすごしていました。佐々木がALSとの告知はそんな私たち夫婦から「世間並みの暮らしや明日の幸せ」を奪ってしまうような絶望的なものでした。

姉、兄たちからは「できるだけ旅行などして、思い出をつくったら」と、心配の声をかけてもらいあわてて旅行に出かけたり、食事会をしたり、私も、とにかく「何もできなくなるんだから今のうちに……」と焦燥感にかりたてられていました。また「西洋医学がだめなら東洋医学を」と針灸に通い、いわゆる健康食品を買いあさったり、出口のない暗闇の中で右往左往する日々が過ぎていきました。その後も進行性難病ALSに打つ手はなく、何をしてもただただ無力感だけが広がり、死におびえながらの日々をすごしていました。

発症３年前、元気な頃長男結一郎くんと

1995年発症１年半前、東京土建の仲間と広島原水禁大会に参加して
左端が著者

†「生きていける、生きている人がいる」――生きる火種を求めて

日本ALS協会（患者会）の総会に参加した時、患者さんたちの著作がたくさんあることを知りました。中でも当時の会長、松本茂さんの著書『悪妻とのたたかい』は「生きて行けるかもしれない」ことを私に予感させるものでした。それは、松本さんが発症されて一〇数年たっておられること、秋田県在住で、呼吸器を着けられ、それでも全国を駆け回り、患者会のための活動に邁進されておられることを知ったからでした。「お尋ねしよう」と心に決め、九七年七月には、佐々木と姪の運転で秋田の松本さんを訪問しました。松本茂さんに大きな励みをいただいたことはもちろんのこと、奥様のるいさんから、さまざまな介護の仕方、栄養食品、リハビリの方法など、まるで実家に帰った娘が母親から家事を伝授される時のように、こと細かく教えていただきました。日々進行していく夫の病状に気づく時に、私も全身から血の気が失せるような、真っ白な状態になってしまうそんな時期でしたので、奥様るいさんの家族さながらの励ましは、どんなにありがたかったことでしょう。「今が一番苦しい時つらい時だけど、これからはどんどん楽になるよ。状態が落ち着けば、それなりに何でもできるようになるからね。もう少しの辛抱だよ。まだまだこんなに元気で、若いのだもの。息子さんもおられて佐々木さんは大丈夫。悲観することないよ」と、何度も言っていただきました。ただただ、泣き

ながらお聞きするだけで、その時は言われておられる内容の意味することを理解することはできませんでしたが、それでも何だか、とても心が温かくなり、何ともいえない、生きる灯の火種をいただいたような気持ちになって帰途に着きました。るい奥様の言われたことが実感できたのは、それから三年ほどたち、呼吸器を着けて、死の不安から開放された頃だったでしょうか。佐々木が行きたいところに車椅子で出かけ、言いたいことがパソコンによって文字になり、一番心配していた食べることも口から可能だったこと。それに介護体制もほぼ整い、私が仕事を続け、息子もまあまあ普通に育っているようだと思えた頃でした。

✝「仕事は続けたほうがいいよ」と、橋本操さんからアドバイスをいただいて

発症当時、看護師をしていた友人から「あなたが働き続けるなんてとんでもない。結一郎君も施設にでも預けないと家での介護は無理よ」と、よく言われました。私は、保育士の資格を得た二〇歳から働き続けてきましたし、仲間と共に立ち上げた福祉作業所もやっと軌道に乗り出したころで、「もっともっと障害者の福祉分野で働き続けたい」との思いが強く、それを断たなければならないことがどうしても悲しい辛い選択でした。また、息子のことも、四三歳で出産し、おおらかに、ゆったりと子育てを楽しみたいと

思えるようになっていた頃でしたので、それが叶わないことになると考えただけで、心が凍る思いでした。

私の中の、この二つの恐怖心を解放してくださったのが橋本操さんでした。

橋本さんのお宅では、ご主人様も勤務を続けられ、二四時間他人介護が可能になっておられるとのこと(当時禁止されていた家族以外の者の吸引等の医療的介護も可として)。そのことを知って間もなく、橋本さんをお尋ねいたしました。発症したころ橋本さんのお嬢さんは三歳だったそうです。

「私も仕事と育児と介護はなんとかやれそう」と考えられるようになって、佐々木の介護に当たることができました。

とはいっても、当時はまだ「家族がいないところに、往診はできない」という病院側の強い壁があり、私の姉沓掛が私にかわって家族としての対応をしてくれました。姉のおかげで私は勤務しつづけられたと沓掛家にはとても感謝しています。

松本さん、橋本さん、そして同じ頃発症したALS仲間「希望の会」の皆様との出会いによって、孤立感で悩むこともなく「ウチだけではない」、私たちも「生きていける」「生きられる」という、かすかな希望を感じることができるようになりました。

1998年 8 月、秋田の松本さん宅に 2 度目の訪問

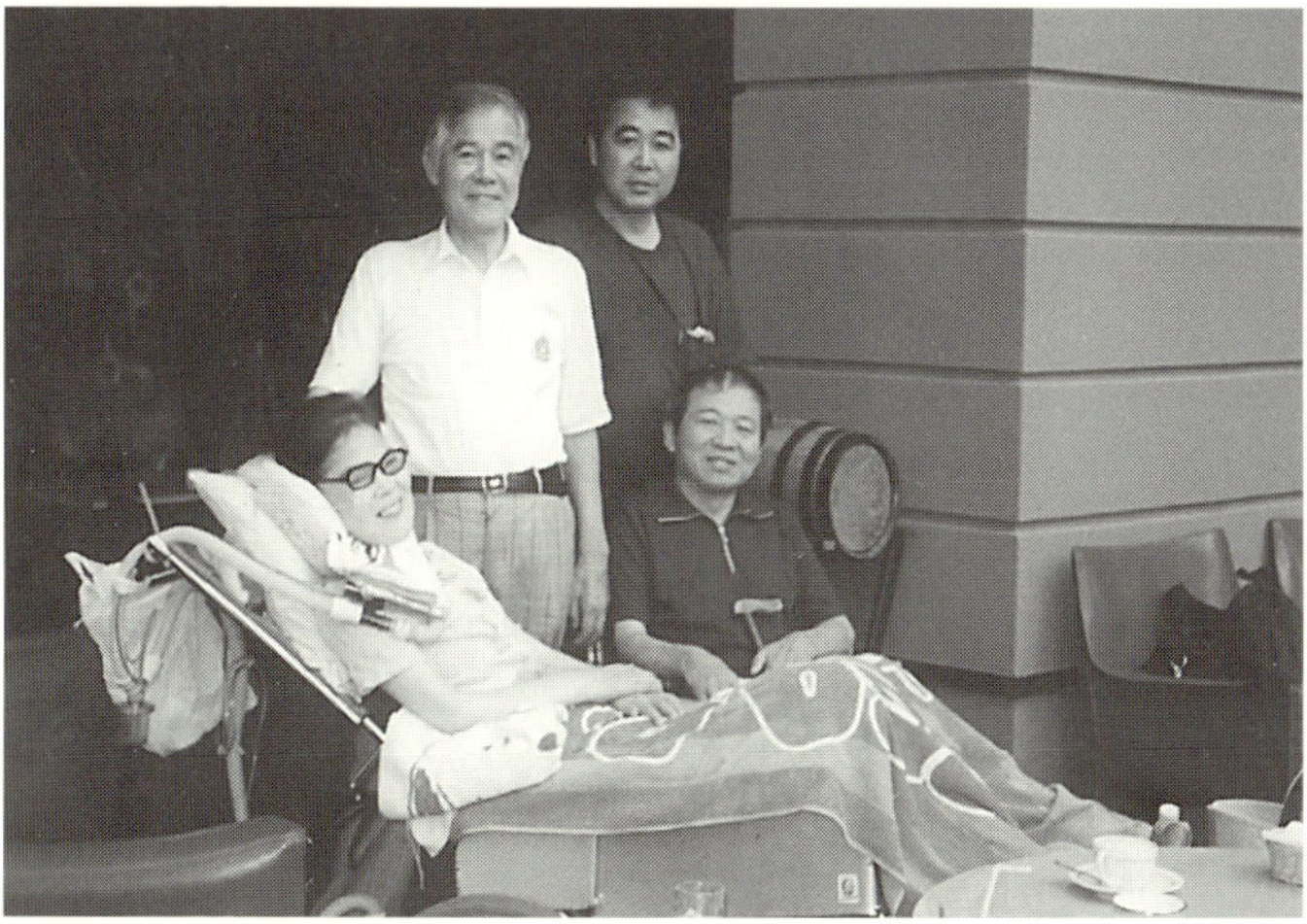

1998年 6 月ALS協会主催の一泊研修に参加。左から橋本操さん、
故藤本さん、ボランティアの小堺さん、著者

†生きる気持ちを取り直してもなおも進む病状

ＡＬＳとの闘病に家族は気をとり直し、前に進んでいるつもりでも、佐々木の病状はどんどん進行しました。転倒が多くなり、歯を二本折るほどの大怪我を重ね、とうとう歩くことをあきらめ車椅子になりました。食事は食べさせてもらい、飲み込みも悪くむせるようになり、言葉にならない声で「アー、ウー」と、コミュニケーションをとる状態でした。医師の勧めでしたが、一九九九年の一二月に気管切開手術を受けました。この頃が最も苦しい時期だったと、今、思っています。ある病院関係者から「この病気は怒りやすくなるし、わがままになり、ご家族が困ってしまうことが何回もあるでしょうから、そんな時はいつでも相談に来てください」と、声をかけていただいていました。佐々木の場合、告知から三年を経ていましたが、そんなことはまったく見られず、佐々木のおおらかな性格を幸いと思っていました。そんな佐々木ですが、発症してから泣き崩れることが二回ありました。一回は同じ患者さんをお見舞いした時「……治らなきゃならないし、治るはず、治らないなんて……」と。

あと一回は、食べる力を少しでも継続できるようにするために、口頭を摘出して気管切開をすると判断した時、そのために声はアーもウーもなく失うことがわかった時でした。号泣する佐々木を主治医と耳鼻咽喉科の先生が説得してくださって無事手術を終えました。そのことをいまも変わらず見舞ってくださる学生時代の先輩、斉藤邦康さんは次のように私に話してくださいました。

「佐々木は、この日本を何とかしたいとの志をもった学生時代以来、人々の声に耳を傾け人々に話しかけること、そのことによって、人々とのつながり、人々と人々を結びつけることを生き方としてきました。また仕事もそれが生かせるものを選び、実際に生かしてきました。人々との、そのようなコミュニケーションの多くが話すことによって支えられていました。ＡＬＳが進行することによって、書くことの不自由さが増すことは覚悟していたものの、佐々木にとってとりわけ大切な、話すことが回復し得ないことは、どんなに辛く、切ないことであったか……」と。

†発信する佐々木に辛口の朱ペンを入れるのは私の務め

退院後の二〇〇〇年五月から発信し続けて一九二号になった（二〇〇六年三月二〇日現在）『週刊ＡＬＳ患者のひとりごと　今日は／お世話になります』を編むために佐々木は、朝七時から八時の間に起床しパソコンに向かいます。食事・休憩などをはさみ午後四時から六時、夜八時から一〇時と、約六時間はパソコンと向かい、文章作りに励んでいます。何日もかけて推敲に推敲を重ねてプリントします。

最初の読者は私です。私は他の人が言ってくれないだろうからと、いつも思いっきり辛口の添削をします。読んでいて私も「いいなー」と思った号の時は、多くの人から返事が返ってきます。佐々木はニコニコして当分ご機嫌です。時にＡＬＳ患者の実態や、無念の思いをつづっている号には佐々木の人間的な深い思いが語られていて、私の心を強くつき動かし、涙がこみ上げてくることもあります。また同じ患者さんから「患者のために奮闘していただき感謝しております」というメールをいただいたと佐々木から聞いたことがあります。そのようなときは、このうえなく、夫を誇らしく思い、共に歩める幸いを思ったりします。

佐々木が発する文字はインターネットに乗り多くの方々に見ていただいているようです。時に思いがけない人との出会いを生み出し、私たち家族の日々の暮らしを豊かなものにしてくれています。特記すべきは二〇〇四年六月にＮＨＫ教育テレビの『きらっといきる』に出演したこと。このときのビデオは我が家の宝物になっています。このことがご縁で韓国のソウル放送から取材の問い合わせがあったり、医療や介護の講演依頼をいただいたり、好物の日本酒が届けられたりと……。

NHK教育テレビ『きらっといきる』に出演して。（番組タイトル「発信したい！　私の熱い思い～ALS患者・佐々木公一さん」2004年６月26日放送─写真提供NHK）

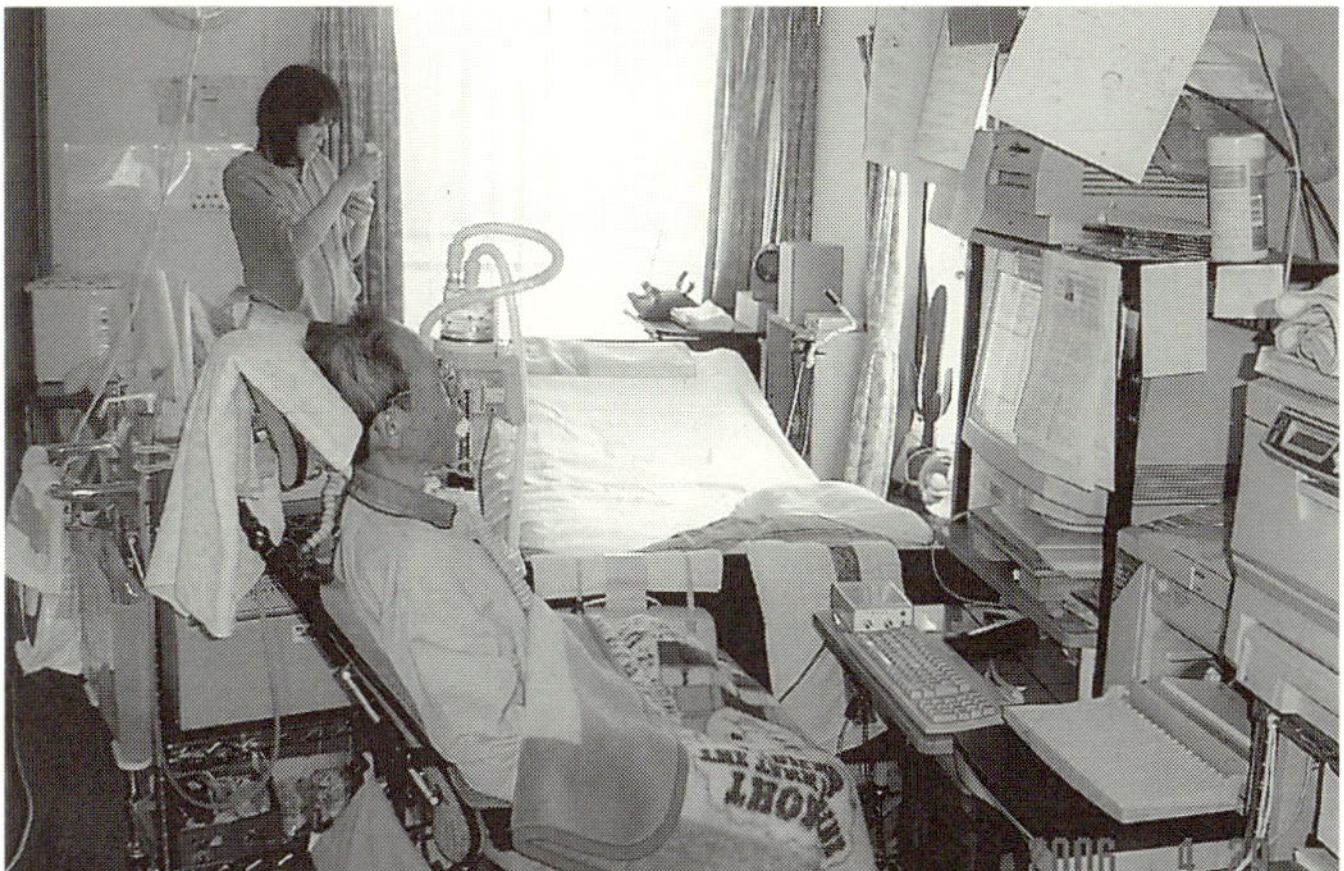

１日６時間パソコンに向かって発信しつづける

†発症して一〇年おかげさまでとても元気です　この先もずっと元気でいられますように

「病気をしている暇がない、駆け足の一年だった」と今年の年賀状にあえて書くほど、佐々木はとても元気です。まるでALS難病を自らの命のエネルギーに変えて生きているかのように。いま現在佐々木の生きる姿勢は一〇年前の佐々木と少しも変わっていません。発症前、労働運動に邁進していたように今は難病患者の命輝けと満身の力を込めて発信し続けています。「わの会」がNPO法人を取得し介護保険事業を開始してからは介護を受ける当事者の視点から理事長としての任務も懸命に果そうとしているように見えます。私はいまのような佐々木を発症した頃に想像することはとてもできませんでした。

発症して一〇年、この間にそれを可能にしていただいたのは佐々木の動かなくなった身体をかばい、佐々木の意思によりそって支えていただいている多くの方々のおかげです。感謝の気持ちでいっぱいです。

†二四時間介護を支えてくださる方々

佐々木の介護は本当にたくさんの方々の支えで成り立っています。

〈ヘルパーさん〉現在は一日二〇時間、週単位で一六～七人くらいの方が交替で介護にあたってくれます。呼吸器装着から四年間は「地域福祉サービスコスモス府中」から、以

発症２年目、1998年12月。結一郎君のノリで。時間のある療養中のひととき

年に2、3回上京して見舞ってくれる弟さんと回転寿司し店へ（2001年頃）

降「わの会」がNPO法人となり介護事業をされるようになってからは「わの会」からヘルパーさんが来てくれています。また、一日一〇時間、週五日、介護以外の家事などを中心としたヘルパーさんが来てくれています。その他、看護や福祉系の学生さんのボランティア参加もあります。

〈看護師さん〉「新町訪問看護ステーション」「きらら訪問看護ステーション」の二ヵ所から一日合計三～四時間、週四日。その他府中保健所より週一回二時間の訪問看護があり、吸引器の管理や排泄ケアの看護を受けています。

〈デイサービス〉週一回、「わの会」のデイサービスりんりんに行き、入浴、呼吸リハビリを受けています。

〈お医者さん〉健生会府中診療所から月二回往診があります。また、都立神経病院から月一回の往診、同病院理学療法士さんから三ヵ月に一回呼吸リハビリのため訪問していただいています。ひまわり相互歯科さんには、月二回口腔ケアの往診と、必要に応じて治療を受けています。

〈その他〉主に関節可動域をひろげるためにマッサージ（個人開業の方）を週二回、計三時間受けています。

「理容フクイ」さんから月一回訪問での散髪をしていただいています。

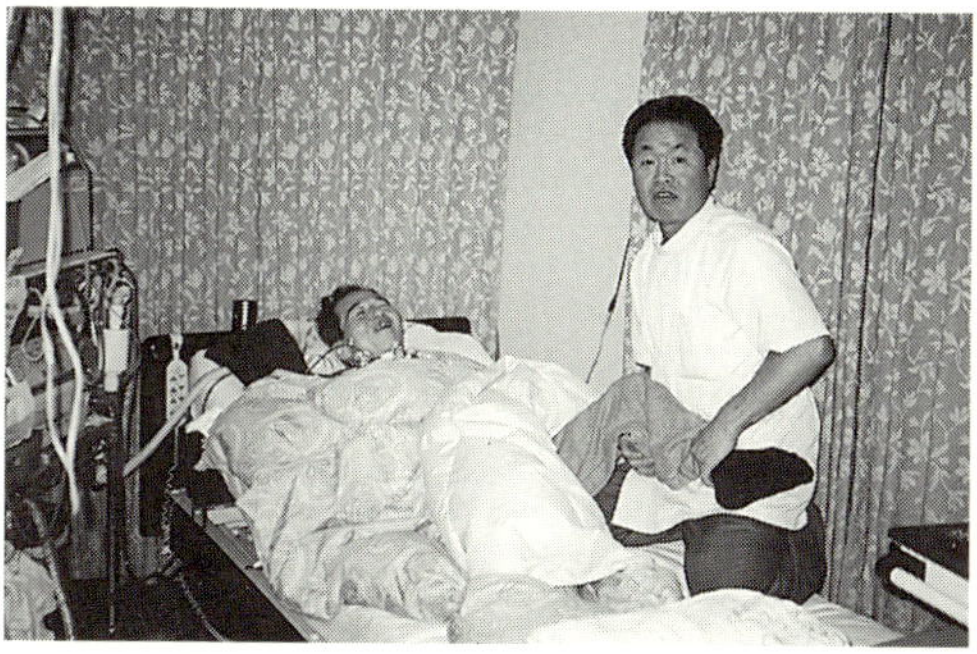

マッサージをしていただく
田中さんと

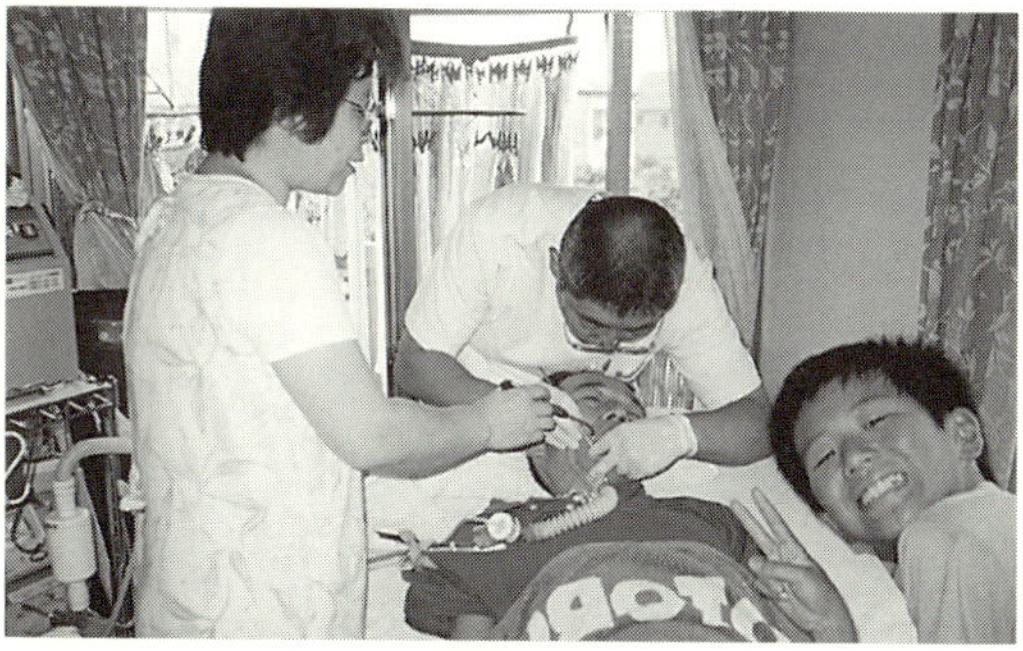

訪問歯科の治療を受けているところ（2004年）

学生時代の友人たちと。変わることなくお見舞いをいただいています

〈外出時〉「わの回」や「ALS東京支部」の会合や患者さん訪問、講演で、また、佐々木は買い物好きなため、現在でも週一回は外出します。その時は、運転ボランティアとして、高橋由紀夫さんか山崎栄征さんが、荷物担当のボランティアで佐藤和彦さんが、そして、ヘルパーさん一人と私の四人体制で行なっています。

さらには、佐々木の命綱ともいうべきパソコンのケアやホームページやブログを作成してくださり、何かあればすぐにかけつけてくれる「アークテクノロジー」の川上朗彦さん。

等々、ここにご紹介しきれないほど、たくさんたくさんの方々の有形無形のご援助と励ましに佐々木と私たち家族は支えられております。

故郷香川の幼馴染の方々、学生時代の仲間の皆さん、東京土建の組合員と元同僚の方々、医療、看護、介護に関わって下さる方々、そして年老いた母、姉、弟、子どもたち、また発症した頃お世話になった「結いの家」の私の元同僚、同じく現在の「わの会」の方々、改めて心からの御礼を申し上げます。

二〇〇六年三月

佐々木節子

この本をお読みいただく皆さまへ

この本は、佐々木さんが定期的に発信してきた『週刊　ALS患者のひとりごと』や『介護通信』、講演の原稿などから作られました。その時々の思いや状況を綴った『週刊ALS患者のひとりごと』は二〇〇〇年五月の発刊以来すでに二〇〇号に達しようとしており、患者から介護者へ向けての要望やアドバイスを記した『介護通信』は七五号を重ねようとしています。また、各地の講演活動で準備した原稿は十数本にも及んでいます。

佐々木さんの周囲の方々、通信の読者の方々から、それらをぜひ本にまとめてほしいとの要望が寄せられたことがきっかけとなりこの本が誕生しました。佐々木さんは、頬のわずかな動きで何万回もコンピュータのボタンを押しながら、これらの文章を紡ぎだしてきました。佐々木さんの書き溜めた原稿はゆうに数冊分の分量に達するほどでした。その中から佐々木さんが、自分の人生を語り、難病ALSと苦闘し、動かぬ身体となりながらも他の患者を励まし、介護者たちを叱咤激励するようすを記した文章を選び、まとめたのが本書です。一冊に編むために、佐々木さんとも文字盤で議論を重ねながら、文章を再構成し加筆もしてもらいました。読みやすくするために、泣く泣く削った文章も数多くあります。

本書は次のような内容でまとめられています。

「第一部　神経難病ALSに冒されて」は、ALSの発症から病気が進行しやがて気管切開にいたる状況と、そこでの苦悩と葛藤の様子を記した文章をまとめました。主に講演の原稿をもとに加筆修正したものです。

「第二部　ALS患者として生きる」は、ALS患者として生きる決意をし、前を向いて生きようとする中で、感じたことや考えたことを綴った文章を、様々なテーマごとにまとめました。『週刊　ALS患者のひとりごと』からの文章が中心となっています。

「第三部　生きるためのたたかいと支え」は、吸引問題や選挙権問題に取り組む過程や、患者会や地域の福祉団体の理事長として活躍するようすを記した文章や挨拶をまとめました。第二部と同様に『週刊　ALS患者のひとりごと』からの文章が中心となっています。

「第四部　介護とは何か―やさしさの連鎖を」は、佐々木さんが介護者やヘルパー、学生に対して、患者の立場から介護への要望やアドバイスを書いた文章をまとめました。講演と『週刊　ALS患者のひとりごと』からの文章によって構成されています。

「第五部　患者からの介護マニュアル」は、佐々木さんの発信してきた『介護通信』を抜粋したものです。患者の立場から介護のあり方を積極的に示したもので、非常に貴重なメッセージであると思われます。

構成は以上の通りです。

本の編集にあたって、一般には用字用語の統一などが行なわれますが、本書はあえて、佐々木さんが執筆した時の文章をほとんどそのまま活かす方法を取りました。その方が佐々木さんが頬でコンピュータを押しながら書いた臨場感が伝わるのではないかと思ったからです。なお、それぞれの節ごとに元の文章の出所を示しておきました。

佐々木さんのこの本は、難病の患者の方や障害を持つ多くの人びとを励ますだけでなく、私たち健常者に対しても励ましと生きる力を与えてくれるものと確信しています。やさしさの連鎖が限りなく広がることを願って。

編集協力者（齋藤邦泰、小栗崇資、名古屋研一）

やさしさの連鎖　目次

第二部 ALS患者として生きる 63

第三部 生きるためのたたかいと支え 111

■装幀／本文レイアウト　山田道弘

第一部

神経難病ＡＬＳに冒されて

難病にくじけずに立ち上がる――発症から気管切開前まで

†九六年一月発症

一九九六年春、右手の力が落ち、ものを落としたり、利き腕の役割をはたさなくなる。六、七月頃、時々長時間立った後、右足の踏み出しが、うまくいかなくなる。しかし腱鞘炎と思い込み、サポーターや貼り薬で自己流の処置ですませていた。むしろ利き腕でない左手を鍛えるチャンスくらいに考えていた。友人より右手親指と人さし指の筋肉の減少を指摘され、妻の紹介で気功治療に行く。その時「私の手には負えない。専門病院に行くこと」と言われた。ようやく「ただごとでない」ことに気がついた。とにかく本を読んだ。この時期、主に医学書のようなものを読んだ。「原因不明、治療法なし、予後三〜五年」。あきれるほど同じことが書いてあった。なおこの予備知識が後に役に立った。読む本の内容は、ＡＬＳの先輩たちの体験、癌などの闘病記、治療法、障害者問題などへ広がる。

†入院

七月、立川総合病院に通院、諸検査をうける。九月、入院を前提に府中神経病院に転院して諸検査を続ける。この頃、妻たちは主治医から病気の概要を聞かされていたようだ。相変わらず検査につぐ検査。ただしそれ以外にやることがないから、ただただ懸命にリハビリにとりくんだ。病院のリハビリのほか一〇階までの階段の昇り降り、壁投げキャッチボール、病院を出て数キロの散歩など。「直る病いと直らぬ病い、直す（直る）入院、ただただ結果を待つ入院」、ほかの患者の顔を見るたびについこんなことを考えていた。

†告知

一一月、筋萎縮性側索硬化症（ＡＬＳ）との告知をうける。神経病院一〇階、小さな会議室。主治医、看護婦、看護婦長、ソーシャルケースワーカー、リハビリ担当者、それに妻と私。この時点では、事前に医学書などを読んでいたこととはいえ、ＡＬＳの進行性をリアルには思い描けなかったことなどの理由から、あまり大きな動揺はなかった。しかしその直後の主治医と担当看護婦のやさしい言葉には、つい泣けてしまった。車やバイクで走っている時、長男とジョギングもキャッチボールもしてやれなくなるのか、と思った時、涙が止まらなくてこまったことが何回もあった。

†休職、職場復帰、勤務地移動

一一月から年末、職場の仲間の好意にあまえ、最初の休職。九七年の年が明けて職場復帰。周囲の暖かい配慮のもと一〇時、四時の制限勤務とするも四月には通勤困難となり、五月より制限勤務のまま勤務地を居住地である府中に移動、様々な配慮、援助をうけながら一〇月まで勤務。しかし車の運転、歩行とも困難となり、九七年一一月より二度めの休職。

†障害者手帳交付

この時期とにかく人に会いたくなかった。前歯を二本折る、顔を五針縫う、後頭部負傷など一〇くらい連続してけがをした。みじめだった。杖を持ちはじめた時、車椅子に乗りはじめた時、極めて強い抵抗を感じた。まったく眠れない夜も続いた。ＡＬＳ拒否とみじめな体をみせたくないそれだけだった。人生二番めの苦難の時期だった。

一〇月障害者手帳（一級）交付。一二月ヘルパー開始。九八年一月教育入院。こんなことがあった。割り当てられた病室が重い感じの呼吸器装着患者と相部屋だった。過敏になっていた私たちは「呼吸器をつけて生きる」ことをみせつけるものと受け止め抗議、部屋をかえてもらった。七月住宅改造。一〇月保健所訪問看護開始。一一月入浴サービス開始。

†日本ＡＬＳ協会本部を訪問

九六年一一月、主治医のすすめにそい、日本ＡＬＳ協会（ＪＡＬＳＡ）本部を訪問。難病をめぐる情勢、ＡＬＳをとりまく状況、医療や新薬の現状などの話を聞いて、可能性を感じるとともに、病気そのものを比較的客観的にみることができるようになった。できるかぎり仕事は続けたほうがいい、と病院でも同じアドバイスを受けたが、今の自分が同じ相談を受けたなら、躊躇せずに、早めに休職して患者会などの運動をがんばって、というのだが。もちろん経済情勢の許す限りだが。

†転期

九七年四月に日本ＡＬＳ協会総会で、東京の患者数名が初めて顔を合わせた。その後のＡＬＳ患者の自宅訪問などの中で、患者同士の交流の大切さを痛感。自分もふくめて多くのＡＬＳ患者は、孤立した状況におかれ、医療や薬剤の情報などもあまりなく、さまざまな薬や健康補助食品を試行錯誤的に試しているという状況などを知る。

九七年七月と九八年八月に松本日本ＡＬＳ協会会長（当時）を秋田の八郎潟に訪問、ご夫妻からのお話は混迷している私たちに感動と生きる勇気を与えてくれた。足の屈伸運動を一六〇回顔を真っ赤にしてみせてくれた。呼吸器患者としての入浴もやってみせてくれた。そのほかいろいろなリハビリもみせてくれた。「生きられる。生きろ」との必死の激励に聞こえた。ここで教わった薬や栄養の知識は現在も有効に実践している。

その後、橋本操さんを練馬に訪問した。呼吸器をつけての元気な日常に圧倒された。妻は、橋本さんが三歳からの子育てと闘病に向き合い、夫は仕事を続けながらの二四時間他人介護の生活ぶりに目をみはり感謝していた。

†『希望』の発行

ＡＬＳ患者の中でも松本会長をはじめ呼吸器をつけた最も困難と思われる人たちの奮闘ぶりに接する中で、まだ動くことのできる自分たちが、今できることを積極的にやることこそ大切なのだと長年中途障害者の福祉作業所で働く妻や患者仲間と話し合ってきた。そしてとりあえず、お互いの情報を交換しあうことからはじめようと、『希望』の発行を開始した。「思うに希望とは、もともとあるともいえぬし、ないともいえない。それは地上の道のようなものである。もともと地上に道はない。歩く人が多くなればそれが道になるのだ」、魯迅の言葉の示す方向を、力をあわせ、歩みたいと思う。と当時書いた。

†「府中地域福祉を考える・わの会」

同時期に、居住地である府中市で「府中地域福祉を考える・わの会」(現在、NPO法人わの会)を結成し、その活動に参加している。主に障害者・高齢者を対象に、パソコンやワープロ教室、旅行会や食事会、カラオケや病院などへの移送等の活動をすすめている。

†いまが一番できる時

ずいぶん前だが深夜ラジオで「いまが一番若い時」という言葉を聞いて感動したことがある。進行性の病気であるALSは、特効薬が出現しない限り筋力は低下していく。だとすれば、いまできることはなんでもやろうと思う。「いまが一番できる時」でもあるから。そして今二つの仕事にたずさわり、『希望』の読者からの声、「わの会」の活動での利用者の感謝の声に接する時、新たな喜びを感じている。

✝人を変え、人を組織し、社会へ影響を与える

『希望』の発行作業やこの会の活動の中で、「今が一番幸せ」という松本会長の言葉をふと思い出した。思えば松本会長のご自宅はボランティアなど人が絶えない。そしてその存在の影響力、社会へ働きかける力の巨大さ、社会的な位置の確かさに驚かずにはいられない。六四〇〇人ALS患者のため、三六万人の難病患者のために、さらにはすべての障害を持つ人びとのために、身を挺して奮闘されている。それは東京の橋本操さんや島根の松浦さん、副会長の叶内さん、みんな同じに違いない。その存在が人を変え、人を組織し、社会への影響を与えつづけている。

✝書ける喜び

病気の進行につれて『希望』の編集、発行の作業が遅れ遅れになったが、それまで左手の薬指でうってきたワープロがついに打てなくなり、さすがに大きく落ち込んでしまった。ちょうどこの頃、ALSで亡くなった母親の使用していたという意思伝達装置のパソコンを幸運にもお借りすることができ、書ける喜びをとりもどすことができた。いまそれを使って作業をしている。

もちろんスイッチひとつですべての画面を動かすのだから、気が遠くなるほどのもど

かしさを感じることもある。例えば「あ」という文字を書くためには、スイッチを四回押す。「編集」と書く場合には、合計二七回押す。とはいえ身体、言語あわせて不自由なものにとってこのように便利なものはなく、まさに命の綱だ。

†読める喜び

九八年春ごろ（発症後二年）から、握力などの低下で本をめくることができなくなり、読書をあきらめ、テレビばかりの日がつづき、なんとなく無意味な時間をすごしていた。そんなとき、ＡＬＳの患者研修会で、自動ページめくり機をみかけた。ためしてみて具合もよかったが、新製品であることと値段が高い（約三〇万円）ので躊躇していた。

手の筋力の低下でまったくページがめくれなくなったので、思い切って購入（全国で二二台目だそうだ）、早速使用を開始した。セットするのに少々手間取るが、その後は人の手を借りずに一冊の本を最後まで読み切れる。数冊の本を読み終えて、読書の喜びと大切さを改めて感じている。

†旅、そして出会い

この病気にかかったことによる新たなたくさんの出会いや出会いの復活が、生活の豊かさをつくってくれている。職場の仲間や学生時代の友人たちが何回も激励会を開いてくれ、学生時代の多くの友とは、さまざまに再会をくりかえした。そして引き続き現在までたくさんの様々なお見舞いや激励をいただき、感謝、感謝の日々が続いている。九八年五月、五〇人もの人たちが、五一才の誕生会を盛大に開いてくれた。多くの仲間と数多くの旅をしている。長野、山梨、箱根、静岡、伊豆、新潟、京都、奈良、四国、東北、千葉……。アクアラインも明石海峡大橋も通ってきた。

✝出会いの広がり

病気にならなかったらおそらく生涯会うことのなかった心優しきたくさんの人々に出会うことで、私の今はささえられている。ヘルパーさん、保健婦さん、訪問看護婦さん、さらに福祉の分野で働く人々の献身的努力で、支えられていることを実感している。これらの部署に人不足があってはいけないこと、そしてその労働条件の改善を願わずにいられない。

同じＡＬＳの患者仲間との、家族のようなつきあいも広がっている。事あるたびの電話や相互訪問、地域をこえたＥメールでの語らい、生きる活力の一つの源泉がここにある。

†人間のやさしさの発見

病気になり、障害者になって、改めて気づくことがある。それは人間のやさしさの発見である。道をゆずってくれる人、助け起こしてくれる人、様々に手伝ってくれる人、たくさんの励ましや援助……。なかでも同病者や障害者の集まりの中での助け合いの場面には、深い感動をおぼえる。古代社会では、多数の障害者が存在し、差別がなく、集団みんなの助け合いが普通であったという事実とあわせて、助け合いや平等が、人間の本来の姿なのだと実感している。障害者にやさしい町は、疑いもなく住民みんなにやさしい町なのだ。

†難病対策、貧しい現実、だから声を

今、日本全体の難病患者は三九種三六万人、九七年度予算でみるとひとりあたりわずか約二六万円、他方で米軍駐留経費は米兵ひとりあたり一五〇〇万円という現実がうかんでくる。すべての難病患者や障害者が人間らしく安全に、安心してくらせるために、そしてなによりALS患者である私たちにとって、病気の進行を止め、克服する特効薬の開発のためには、いかにもまずしい予算といわざるをえない。「研究費用が続くかどう

か心配だ」ＡＬＳ研究者の悲痛な叫びが脳裏を去らない。患者総数六四〇〇人というＡＬＳ、利潤を生まないこの研究に、公費投入は不可欠なのだ。

そして病気の進行よ止まれ、特効薬よ出（いで）よ、必要なケアの保障を、との切なる私たちの願いは、待っていては実現しない。ＡＬＳをはじめ、すべての難病患者や障害者が安心してくらせる社会は、患者である私たち自身が、とじこもることなく声をあげることなしには実現しない。介護保険導入のどさくさに三四〇〇億円もの社会保障費が削られようとする今だからこそ。

✝「障害は不便である。しかし、不幸ではない」

難病といわれ、悲惨きわまりないといわれるこの病気、事実、私自身先輩の患者をみてそう感じたくらいだが、しかし外からみるよりは、ずっと気楽なものだ。できなくなったことを数えるのでなく、できることから可能性を広げる一定の割りきりさえできれば、数多くの不便さがあるとしても、それなりに、生きていける。「障害は不便である。しかし、不幸ではない」。ヘレン・ケラーの有名なこの言葉を、ほんの少し実感している。

「障害を持っているボク、乙武洋匡ができることは何だろうか。もっと言えば乙武洋匡にしかできないことは何だろうか。この問いに対する答えを見つけ出し、実践していくことが、『どう生きていくか』という問いに対する答えになるはずだ」。生まれながらに四肢をもたない乙武洋匡青年が、大ベストセラー『五体不満足』のなかで問いかける。

「こころよく　我に働く仕事あれ　それをしとげて死なむと思ふ」。石川啄木はこう歌い、『農民哀史』の著者澁谷定輔は詩集『野らに叫ぶ』の中でこう詩っている。

「この広い世界にたったひとつ　俺しかやらない　仕事がある」。

このようなことを考えながら、ひきつづき「希望の会」と「府中地域福祉を考える・わの会」の活動にとりくんでいる。

†インターネットと新しい世界

本格化したEメールが、もはや生活の不可欠の一部となっている。東京府中からの発信に、ただちに全国から返信がある。療養のこと、制度のこと、薬のこと、そして生き方のこと。とくに世界で悪戦苦闘のなかで、しかし確実に前進している治療薬の研究が、生きることへの大きなはげみとなっている。ＡＬＳの先輩たちの生きざまから、生きる勇気をもらっている。療養の工夫が、さまざまに可能性を広げている。

人手さえあれば、人間らしく生きられる。そしていつまでも知的活動、知的生産を可能とするＡＬＳの特性を活かして、新たな可能性を切り開きたいと思う。

†「重度障害者に人格はあるのか」

石原都知事が府中療育センターを視察した後、重い知的障害と重度の身体障害をあわせ持つ子供や大人たちについて、「ああいう人たちに人格はあるのか」と記者たちに問いかけ、「西洋人はこうした患者たちを切り捨てるのじゃないか」と言ったことが報道された。七月にはこうもいっている。「身体障害者に対する福祉なんか、ほかの県と比べると過剰なくらい…」。「老人医療は枯れ木に水をやるようなもの。率直にいえば老人は早く死んでくれたほうが国は助かる」故渡辺大蔵大臣（当時）の言葉となんと共通するだろう。世の中を支配する側に立つものたちの本音の発露として銘記する必要があるだろう。ましてや自らの閣僚時代に、弟裕次郎を自衛隊機を飛ばせて病院に搬送するという度外れな「人格」を示した男の言葉としても。

†比べず、競わず、ありのままに

「病気になり、障害者になって、改めて気づくことがある。それは人間のやさしさの発見です」「なかでも同病者や障害者の集まりの中での助け合いの場面には、深い感動をおぼえる」とすでに書いた。そして乙武洋匡青年はこう言っている。「助け合いができる社会が崩壊したと言われて久しい。そんな『血の通った』社会を再び構築しうる救世主となるのが、もしかすると障害者なのかもしれない」。比べず、競わず、ありのままに認めあう心、そういう価値観の広がりを再び切に願う。

†願い

ALS患者としての現時点での願いは、二つ。病気をなおすこととケアの充実。ケアについては福祉機器の進歩もあり大きく前進、しかし前者は、常に無視され踏みにじられている。ALSと診断されその説明を聞いたところ「神経が侵され三年で死にます」と言った有名大学病院の医者は特別としても、患者の願いを蹴散らす会話が、なんとたくさん交わされているだろう。懸命のリハビリにとりくむ日本ALS協会松本会長夫人の「薬が開発された時、使えるように訓練するのよ」の言葉を医療関係者はどううけとめるだろうか。進行を止め、さらに神経細胞の再生をめざす研究が世界中で展開され、それらのニュースがインターネットで運ばれ、たたかうALS患者の生きる力になっている。

†私を待っている人々がいる

「いい日旅立ち」という歌がある。「日本のどこかに私を待っている人がいる」という歌詞がある。私は「私を待っている人々がいる」と読み替えたいと思う。

ＡＬＳはその進行性のゆえに、機能の喪失の日々の確認の作業をともなう。そして主要な機能の喪失は、病む体と心をくじけさせるに十分だ。

だがくじけつづけてはいられない。愛する家族が、職場の仲間たちが、学生時代の友人たちが、さまざまに出合ったたくさんの人々が、終止かわらぬ支援と激励をよせつづけてくれている。

そしてなによりも、ともにたたかうＡＬＳの仲間たちがいる。『希望』の発行を待っている人々がいる。障害者福祉の運動をともにすすめる仲間たちがいる。だから、くじけつづけてはいられないのだ。ＡＬＳをはじめすべての難病に別れを告げるその日へ、「いい日旅立ち」をするために。

（以上、一九九九年一〇月、府中小金井保健所での講演「神経難病ＡＬＳとむきあって三年半」をもとに加筆修正）

ALSとは何か

†筋萎縮性側索硬化症

筋萎縮性側索硬化症（amyotrophic lateral sclerosis）は、障害により随意運動だけが低下していく疾患で、Charcot（一八六九）が初めて記載したのでシャルコー病の名前がある。また米国では有名な野球選手のルー・ゲーリックがこの病気になったのでルー・ゲーリック病ということもある。

amyotrophy（筋萎縮）という言葉は、骨格筋を支配している脊髄前角細胞（下位運動ニューロン）に原因があって筋肉が萎縮してくるもの（神経原性筋萎縮）を言い、骨格筋自体の病気で筋肉が萎縮するもの（筋原性筋萎縮）は含まない。また、lateral sclerosis（側索硬化症）とは、脊髄の側索（錐体路＝上位運動ニューロンの神経繊維）が変性し、グリア細胞の増殖のために硬化していることを示す。このように、筋萎縮性側索硬化症は下位運動ニューロンと上位運動ニューロンの両方を侵し、結果として筋肉の動きを低下させてくるもの。筋萎縮性側索硬化症では、運動神経が侵され、感覚神経や自律神経など、他の系統の神経は侵されにくい。

ニューロンとは、神経細胞の胞体とその諸突起を含む神経単位を言う。運動ニューロンとは、骨格筋を支配している末梢神経の母体である脊髄前角細胞、さらにその脊髄前角細胞に随意運動のための刺激を送ってくる大脳皮質の運動神経細胞（その神経線維は錐体路、脊髄では側索を通る）を言う。筋萎縮性側索硬化症は、運動ニューロンを障害する疾患で、一八六九年にシャルコーにより初めて単一の疾患として名付けられたもの。運動系の障害は、上位ニューロン（錐体路）の障害と下位ニューロン（脊髄前角細胞以下の運動性末梢神経）の障害からなっている。

（『週間　ALS患者のひとりごと』49号2001・5・28　以下、週間ALSと略す）

✝原因

原因は全く不明だが、筋萎縮性側索硬化症の原因として今までにあげられた仮説には次のようなものがある。

一、ウイルス説

ポリオウイルスがＡＬＳと同じように、運動神経の障害のみを生じるところから、スローウイルス感染等によって筋萎縮性側索硬化症が起きるのではないかという仮説だが、その裏付けはない。

二、中毒説

環境由来の有毒物質がＡＬＳを引き起こすのではないかという仮説。カルシウム（Ca）の欠乏、マンガン（Mn）、アルミニウム（Al）の過剰などが関係しているという説があるが、未だはっきりしない。

三、神経栄養因子の欠乏説

神経栄養因子（neurotrophic factor）は、神経細胞が生存していくために必要な生体物質の総称であり、何らかの神経栄養因子の欠乏により運動神経細胞が変性をきたしてくるという仮説。

四、自己免疫性説

運動神経を攻撃し、変性壊死を生じる自己抗体が出来ているという説。

五、グルタミン酸過剰説

興奮性アミノ酸、特にグルタミン酸の作用が異常に興奮した結果、運動神経細胞の変性をきたすとする説。

六、フリーラジカル説

家族性ＡＬＳの一部の症例で遺伝子変異が見つかっている。この Cu/Zn superoxide dismutase （SOD1）遺伝子は、フリーラジカルと呼ばれる細胞損傷物質を中和する機能を有する蛋白質の合成を指令する。そのため、この遺伝子の異常により運動神経の損傷が生じるという説。

このように、ALSで運動神経が変性する病理機序については、決定的なものは判っていない。

(週間ALS50号2001・6・4)

†症状

・発症年令

一〇歳代~八〇歳代にわたるが、中年期に多く、ピークは四〇歳代~五〇歳代、やや男性に多い。

・筋萎縮・筋力低下

初発症状は、上肢遠位部(手や指)の筋萎縮から始まるものが約半数を占め、球麻痺や下肢筋萎縮で始まるものが、四分の一ずつを占める。ハシが持ちにくくなったり、腕や足が上がらなくなり、進行すると起きあがることもできなくなる。また、呼吸筋(肋間筋、横隔膜)の筋力が低下すると、呼吸が困難になる。

・球麻痺

延髄の運動神経核の変性により、顔面・咽喉頭・舌の筋萎縮・筋力低下をきたすもので、言葉が不明瞭となり、嚥下が困難になる。
・筋肉の線維束性収縮
脊髄前角細胞の変性により、萎縮した筋肉や一見正常に見える筋肉にピクツキが認められる。
・錐体路症状
上位運動ニューロン障害により、痙性（筋肉の緊張が強くなり、つっぱって動かし難い）、深部反射の亢進、病的反射が出現する。そのため、歩行時に、足がつっぱって歩きにくくなる。
・臨床経過
症状の進行スピードは様々だが、手足の痩せは少しずつ強まり、全身の筋力が低下していく。一方、意識は最後まで正常で一般に知能も障害されないのに、嚥下が出来ず、聴力が正常であっても発語が出来ないためにコミュニケーションをとることが困難となる。また、呼吸障害で人工呼吸器の助けが必要となる。

（週間ALS51号2001・6・11）

気管切開に泣く——九九年末手術から在宅療養開始まで

†躊躇

その必要性はわかっていた。問題はその時期であった。医者の強引そのものの説得が続いた。声が出れば、反論ももっと深い討論も可能であった。もちろん患者を思っての医者の発言であることは十分理解できたが、結局、手術内容もその時期も理解不十分のまま応じてしまった。準備（心の準備も含めて）の不十分さを深く反省している。この躊躇も手術不成功の要因のひとつにちがいない。

†混迷

三通りの手術方法が示された。普通の気管切開と喉頭分離ともうひとつであった。普通の気管切開なら仮にＡＬＳが直った時も後戻り可能であった。器具を使って声を出している人もいる。ところが喉頭分離は喉頭を摘出して気道と食道を分離する（食べられる、誤嚥がない）から後戻り不可であった。後戻り不可、永遠に声を失うことへの激しい恐怖の中にいた。声を上げて二度泣いた。号泣という経験はそれまでなかった。ＡＬ

Sは必ず直る、直す、確固たる信念と行動をしていたつもりであった。

†手術

病室を出る時の麻酔の注射により、廊下の途中で意識が消えた。気がついたのは手術後数時間たって、集中治療室のベッドの上であった。麻酔の注射の痛みはわずかなものであった。その昔盲腸の手術の時の脊髄注射の時の激痛と、なんとちがうだろう。しかし予備知識はあったものの、首を強く締め付けられ、そしてほとんど身動きを許されず、一滴の水はおろか唾液さえ飲み込むことを許されなかったことは、予想をこえる苦しみであった。

†失敗

手術後一〇日たちテスト。そのための水がのどをうまく通らず、首の締め付けはさらに強化された。さらに数日後、医者の診断が再手術（唾液の通るバイパスづくり）をもとめ、同意、ただちに実施。約一カ月後のもとにもどす手術を経てテスト合格まで約二カ月、首の締め付け、唾液の飲み込み禁止の状態が続いた。メラチューブをくわえつづけて二カ月、さらにＭＲＳＡなる院内感染にもかかり、忍耐はほぼ限界にたっした。

†責任

あとから考えて不思議に思うことがある。医者を選ぶ権利はないのか。とりわけ執刀医はどこで決まるのか。患者の了解はいらないのか。成功、失敗の判断はどのようにされ、失敗の場合の責任はどうなるのか。医者まかせとならない治療、療養は、そして対等平等な医者と患者の関係は、ありえないのか。契約社会における両者の関係、そしてたびたび聞かされたインフォームドコンセントは、いかにあるべきなのか。

†涙

あきれるほど涙もろく弱い自分がいた。妻にはじめて「(介護のために)仕事を休んでくれ」とたのんだ。

息子にこんな手紙を書いた。

「びょういんにもなんかいもきてくれてありがとう。結くんのげんきなかおをみて、おとうさんもげんきになれたよ。こえはでないけど、ぱそこんはだいじょうぶ、はなしはできるよ。ところでじてんしゃはまだほしくないのかな。二年生になったらかってあげよう。おとうさんはびょうきで、おかあさんのおてつだいができないけど、結くんはがんばろうね。」

入院中年末に見たテレビドラマの吉田松陰の「親思う子の心にまさる親心　今日の出来事いかに聞くらむ」のシーンに涙がとまらなかった。

†ナースコール

わずかに出ていた声がまったく出せなくなった。手足もほとんど動かないから、音をたてることもできない。こうなるとナースコールはいわば命の綱だ。一時間ごとの見回りはあるものの、気がついてもらえないことだって可能性はある。私は左足の横においてもらったが、足が届かずあせったことが何回かあった。そして文字盤は、唯一の意思表示の手段となる。

†文字盤

文字盤で苦労した話を事前に聞いていたが、入院してそれを実感した。集中治療室では、目の前一〇センチのところにおかれ、苦労した。看護婦は裏から文字盤をみるので「さ」と「ち」の誤読が時々あり、文意が通じないことがあった。医者に使い方のうまい人が少なく残念であった。ＡＬＳ患者にとって唯一のコミュニケーションの手段である文字盤、使える人をふやしたい。

†看護婦が飛んでいる、飛ぶように歩いている

とにかく忙しいところだ。まさしく飛ぶように歩いている。全体的には良く分からないが、夕方から朝にかけての忙しさは尋常ではない。たとえば准夜勤や深夜勤の時など一人で一〇人の患者を担当することもあるという。最近多発している医療事故と無関係ではあるまい。忙しいとは心を滅ぼすと書き、また一所懸命になりすぎるとみんなヒトラーになる。経営の側にたつ人々よ、とくに心せねば。

†設備

こんなこともあった。例えばネブライザー（痰をやわらかくするため蒸気をのどに送る機械）の設定を一〇分にしてもいつも五、六分で止まってしまう。病室の天窓を開け閉めするためのカギのついた棒が全体で一、二本しかなく、いつも看護婦さんたちが探し歩いていた。院内感染した時の来室者用の白衣のくたびれ具合のひどさなどなど。こんなつまらないことが、看護婦さんたちの労働条件を悪くしていることにどうして気付かないのだろう。

†病室

一人部屋と二人部屋に合計七〇日入院した。残りの二〇日は四人部屋ですごした。ところでこの一〇階建ての病棟は、一、二人部屋が、北側に面しており、計算すると約五〇日間一度も太陽にあたっていないのだが、治癒とは関係ないのだろうか。そしてこういうところへの目配りは、無理なのだろうか。

†白衣の天使

多くの白衣の天使にお世話になり、深く感謝している。なかでもB看護婦、K看護婦は、患者と同じ目線を持ち続け、患者の立場でいつも考えてくれた。「耐えがたきを耐え、忍びがたきを忍ぶ」ことができたのもその存在に負うところが大きい。どんな時も患者の意向を尊重する姿勢に徹していた。Bさんには涙を受け止めてもらった。Kさんは看護婦一年生、その行き届いたやさしさにはげまされつづけた。

†退院

二〇〇〇年三月六日、呼吸器を分身として三カ月ぶりに退院した。振り返ると、在宅療養をはじめることそれ自体たいへんだが、いわゆる「医療行為」問題で、吸引行為の可否をめぐり、ヘルパーさんの体制づくりが困難をきわめた。はじめに法律ありきで、命をかえりみないこの国のありように怒りを感じた。さらに折しも同時期に開始された介護保険の不備、不足が、困難に拍車をかけた。

†感謝

退院後の三月、四月に、私たちの希望の会の患者五名がつぎつぎと亡くなった。呼吸器をつけずに三名、つけたが時期が遅かったのが二名。思いがけないそれぞれの死の早さに驚かされた。ご冥福を祈りつつもいいようのない怒りが、無念さがこみあげてくる。「佐々木さんの場合は間に合ってよかったのよ」。入院中の看護婦さんのことばが思い出される。いまは主治医をはじめお世話になったみなさんに素直に感謝している。気管切開したことにより得た、むせずに食べられる、肺炎になりにくい、呼吸器の力をかりつつも肺機能の維持などを新たな活力源にして、地域社会から孤立することなく、一市民として生きていきたい。

（以上、二〇〇〇年四月執筆「ある体験　気管切開」、その後『週間ＡＬＳ患者のひとりごと』に掲載59号〜62号2001・7・23〜8・17）

†患者とはなにか

一、経済の側面からみる

第一に、その存在ぬきには病院経営がなりたたないもので最大の収入源を構成する。第二に、しかし扱う商品が、主として医療技術であること、保険をともなうことで必ずしも本人が負担しない、さらにそれ自体大きな収益をあげられない公共需要の一つであり、しかも一般に需要に対する供給が少なくなっている。第三に、以上の医療部門の経済的特徴が、患者が本来の地位つまりお客さまの地位につくことをさまたげている。第四に、いまその特殊性をのりこえる患者、家族の努力が求められる。

二、医療の側からみる

第一は、治療の対象である。第二は、扱う商品が主として医療技術であるという特殊な商行為であり、医療技術の結果としての効力もまた商品の一部を構成するから、その行為は、両者の協力によってのみ効力をあらわす。第三は、つまり患者とは治癒という目的に向う共同作業者（医者、看護婦らともに）に他ならない。したがって第四に、医療のはたす役割は、患者の生きる力を強め、これに依拠して治癒力を育て強めることで治癒を実現することを基本とするのである。

三、民主主義の観点からみる

「民主主義とは自分がなにもかもできるという考えを捨てることを第一に要求し、第二に、自分ができない分野を担当する他人を自分以上に尊重することを要求する」。わが尊敬する清水慎三先生の言葉だが、医療の分野はどうか。第一に、患者に対する医者、看護婦の姿勢は、患者が具体的に尊重されているといえるか。人手不足もあるが、残念ながらそうはいえそうにない。したがって第二の内容の実現もまた当然ながらおぼつかない。

四、ともに目指すもの

こうしてみると、患者が客としての本来の地位を獲得することが、自らの処方のチェックともあいまって、頻発する医療ミスを軽減し、医療関係者が、なによりも患者を重要な構成要因と認識し、同じ目標に向う共同作業者として歩むなら、医療の分野での大きな前進につながるかもしれない。そして大切に思われるのは、この二つの分野のとりくみは、医療現場の民主主義の確立と連動するだろうということである。

「聞くは病歴ばかりなれど、人それぞれの人生迫り来る」

あるベテラン看護婦さんの看護学生時代の忘れられない、そして人生を決めた先生の一言である。患者は誰も知らないたくさんのことをもっている。独自の闘病、多彩な経験、独自の人生を。

（週間ＡＬＳ26号2000・10・23）

第二部

ＡＬＳ患者として生きる

発信する、行動する、仕事をする

✝生きること、存在しつづけることの価値と意味

ＡＬＳ患者、とりわけ重症ＡＬＳ患者がもっている価値、それは命だけです。もしこの人たちが軽視されるとしたら、それは命が軽視されることになります。そして生活上のハンディキャップをもった人間が、社会の中でどのように処遇されているかが、その社会の成熟度を示しているのです。

すべての命は存在することに価値があります。たとえ体中どこも動かすことができず、目さえ閉じ、ただベッドに横たわるだけの体であっても、母であり、父であり、妻であり、夫であり、わが子なのです。かけがえのない家族であり、欠かすことのできない社会的存在なのです。私はすべての患者に、だから生きられるだけ生きてほしいと心から願います。

もしくじけているＡＬＳ患者がいたら励ましてほしい。「あなたが生きることそのものに価値がある」「生きていればこそ原因究明、治療法の開発へ道が開ける」。

これまで「笑ってくれた」と喜ばれることが何回もあります。普通にパソコンをして

ALS協会東京支部多摩ブロック交流会で（2000年11月）

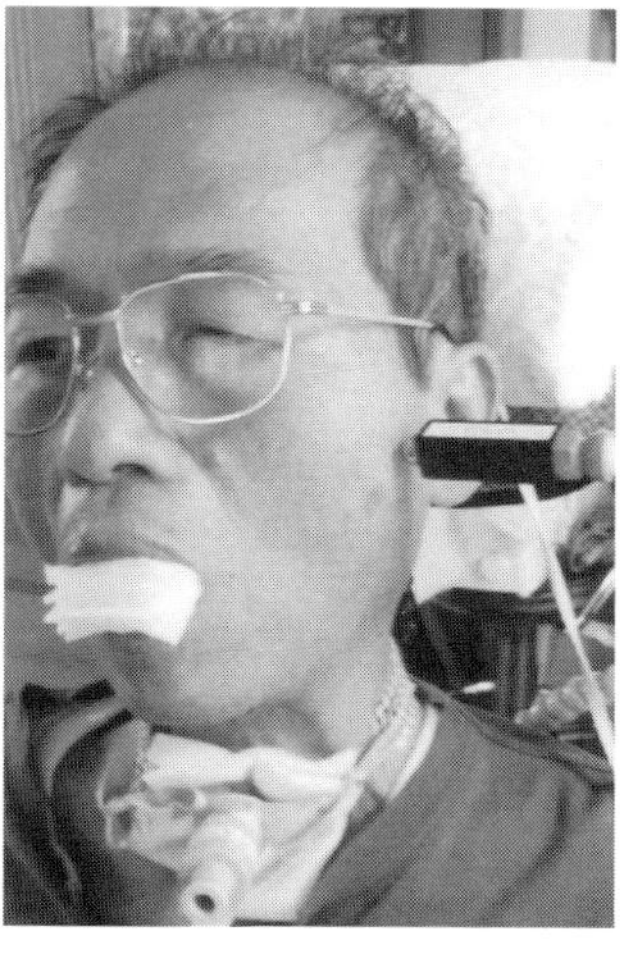

パソコンに向かう著者。左頬にあたっているタッチセンサーで操作・入力していく

いるだけなのに、しきりに感心されます。メールやお便りや年賀状などで、「逆に励まされた」「元気をもらった」という内容のものが、ずいぶん増えました。ALS患者としての自分の存在が多少とも役に立っているのかなとの実感があります。

「見えるのか」「聞こえるのか」「わかるのか」と聞かれて閉口することが何回もありました。病気の進行がどのようであれ、ALS患者はいつまでも健全な知性を持ち続けることに本人は、自信と自覚をもつこと、まわりの人たちはそれを認め、積極的に評価していただけますことを切に希望します。

✝ALS患者としての私の目標

「ひとりのお年寄りが亡くなることは町からひとつ図書館がなくなるのと同じ」こんなアフリカのことわざを国連のアナン事務総長が紹介していました。

そこで改めてこんなに大切な「人」ってなんだろう？　人間とはなにかを考えてみました。答えは五つあります。第一は、考えることです。第二は、その考えを意志、意見としてまとめ発信、発表すること。第三は、その発信、発表への相手の様々な反応から相手への理解を深めること。第四は、その中で自分自身もまた変化、発展させること。第五は、将来そして未来への予測、約束ができ、誠実に実行できること。

一、発信する

では何を発信するのか。

第一は、体の現状（進行の度合いもふくめて）をまわりの人びとに発信し、医師、看護婦、介護者へ病状、要望、要求を発信し続けること。けれども文字盤だけではとても想いを伝えきることはできません。私は「介護通信」というもので様々な看護、介護のお願いをしています。そこでパソコンの、メールの登場となります。

第二は、患者との交流、患者会の諸運動への発信。

「ＡＬＳの患者、家族は会った瞬間から家族同様のつきあいとなる」。何年か前に松本前日本ＡＬＳ協会会長から言われたことがあります。何故か。第一に、苦しみや困難が程度の差はあれ基本的には同じであること。第二に、したがって願いや要求も基本的には同じであること。第三に、全国で六四〇〇人という極めて少数であることが連帯感を強くしていること。第四に、ＡＬＳの特性としてその頭脳や知性は健在であるから、患者本人同士の交流が可能であること。第五に、経済的および政治的関係にないこと。お互いの関係にマイナスの要素がまったくないこと。ではないかと思っています。

第三は、自らの思想、信条にもとづく発信。

私はこれらのことがらについて、『週刊ＡＬＳ患者のひとりごと』というものにまとめこれまで一三〇回発行（注：二〇〇六年四月現在193号）してきました（メーリングリストもあわせると約四五〇人に、一方的にですが、送っています）。もちろん戦争や平和、政治の問題にも無関心ではいられません。戦争は政治の継続であり、政治の基礎は経済だから、そして支援費が一〇〇億円たりないことが私たちの命を直撃するのだから、社会保障や難病対策予算に目を向けざるをえません。同じように戦費という名の乱費に怒りの目を向けざるをえません。

二、行動する

第一は、ベッドでの体の運動です。可能な限り体を動かすことです。動かす筋力は保たれると思っています。

第二は、ベッドから車椅子への移動です。体の運動になるとともに、視野を広げること、それまでの横からの風景を縦からのものに変えます。人生観に影響するほどの大きな変化です。

第三は、家から外に出ること。散歩、買いもの、旅行など。生活の視野と規模を飛躍的に広げます。ただし車の窓が車椅子の高さにほとんどの場合違っています。つまり風景が見えません。

創刊号　　2000年5月1日

週刊／ALS患者のひとりごと

今日わ／お世話になります

発行　佐々木公一　府中市四谷4-51-26　042-360-2720　FAX　042-360-3117
メールアドレス　hamu@shikoku.interq.or.jp

さあ在宅本格開始／よろしくお願いします

３月６日、３カ月ぶりに退院しました。そしてすでに２カ月がたとうとしています。振り返ると、在宅療養をはじめることそれ自体たいへんですが、いわゆる／医療行為／問題で、吸引行為の可否をめぐり、ヘルパーさんの体制づくりが困難をきわめました。はじめに法律ありきで、命をかえりみないこの国のありように怒りを感じました。さらに折りしも同時期に開始された介護保険の不備、不足が、困難に拍車をかけました。

このようにして５月をむかえ、皆様の多大なご協力をいただきやや安定してきたところです。一段落してふと思うのですが、介護保険にともなう政府のヘルパー増員計画はよいとしても、肝心のヘルパーさん自身の労働条件などどうなるのか不安を感じています。休暇や退職金はおろか労働協約をはじめなにもないという現実を、為政者はどう考えているのでしょうか。

１２／６入院、９日手術／気管切開、喉頭摘出／でしたが、手術の思わぬ不調で、合計３度の手術と３カ月の入院生活を経験しました。様々に感じさせられる３カ月でした。そのうち約２カ月を点滴、続いて経管食、病室から一歩も出ることなく、そのほとんどをベットの上で過ごしました。こんなにも一滴の水を渇望し続けたことはなく、忍耐を必要としたことはありませんでした。このようにして得た　むせずに食べられる、　肺炎になりにくい、　呼吸器の力をかりつつも肺機能の維持などを新たな活力源にして、地域社会から孤立することなく、生きていきたいと思います。

この間、多くのみなさまより心あたたまるお見舞いやはげましをいただきました。ありがとうございました。１２月、１月はとりわけつらく苦しい時でしたから、皆様のはげましが、砂漠にオアシスのたとえのように、元気と勇気を与えてくれました。心よりお礼を申し上げます。

ご案内　野外バーベキュー／５月５日午前１０時佐々木宅集合、近くの公園へ

主な日程　ＪＡＬＳＡ東京支部役員会／５月１３日　希望の会定例会／６月４日

あとがき

今月から毎週月曜日に発行します。あるＡＬＳ患者の／ひとりごと／です。いま私の在宅療養は医者２カ所、訪問看護３カ所、ヘルパーさん夜間をふくめ１１人、その他ボランティアのみなさんなどたくさんの人たちに支えられています。けれども相互に顔をあわせることはほとんどありませんので、この場で自己紹介をお願いします。あわせて、当面のお願いなども、この紙面でお願いしたいと思います。よろしく。

第四は、患者会への参加、そして患者訪問です。お互いに元気をもらいあいながら、要求実現の輪を大きくしていきます。
第五は、思想、信条にもとづく行動です。社会の一員として当然のことですが、この分野の不十分さを反省しています。もう少しのがんばりをと思っています。

三、仕事をする

これは必ずしも報酬をもらうことを意味しません。何らかの役割をもち、出番と責任があり、その結果が人びとに喜ばれることと考えています。私の場合、地域福祉団体「わの会」、患者サークル「希望の会」、日本ALS協会東京支部の活動に参加しています。内緒ですが株を少し楽しんでいます。おかげさまで株価など経済ニュースに少し敏感です。

そこで「輝いて生きる」ということについて考えてみました。一、希望を強くもっているか、二、目的、目標をもっているか、三、やりたいことをやっているか、四、結果に責任をもっているか、人のせいにしていないか、五、そのことのために学習しているか、六、人と交わり人の意見を聞いているか、七、必要とされているか、出番があるか、八、社会に役に立っているか、人びとに支持されているか、と自問しながら役割にむか

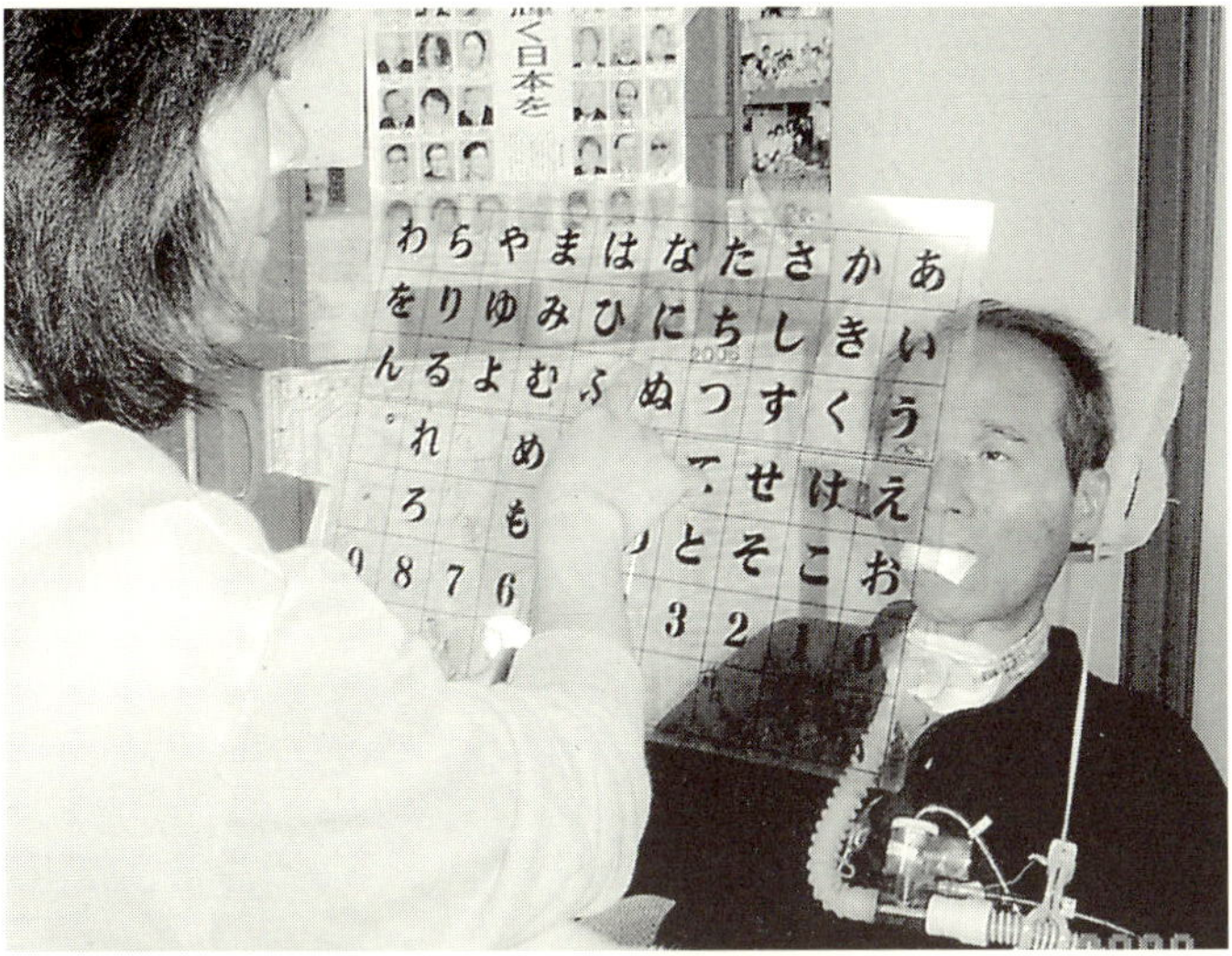

文字盤で意志を伝える

外出はチームで。ヘルパーさん、運転手さん、荷物係のボランティアさん、妻の節子さんが付き添う

っています。

†決意

ＡＬＳはその進行性のゆえに、機能の喪失の日々の確認の作業をともないます。そして主要な機能の喪失は、病む体と心をくじけさせるに十分です。けれどもみんな、療養のこと、制度のこと、そして生き方のこと、とくに世界中で悪戦苦闘のなかで、しかし確実に前進している治療薬の研究などの情報を交換しつつ、介護体制に支えられながらも懸命に生きています。人手さえあれば、人間らしく生きられます。そしていつまでも知的活動、知的生産を可能とするＡＬＳの特性を活かして、新たな可能性を切り開こうとしています。

ＡＬＳは一定の割合で等しくすべての人に罹病の可能性が、これまでもあったし、これからもあります。単純計算ですがいま地球上に三〇数万人のＡＬＳ患者がいます。歴史的にみれば罹病してその原因もわからないままに、発症して三〜五年以内に、主として呼吸筋麻痺で無念の死をとげた、おそらくは数百万人のＡＬＳの患者たちがいたことが想像されます。私のまわりでも八年間で一〇人近い仲間が無念の死をとげています。これらの人びとの無念の慟哭を、その魂の叫びを重く受けとめたいと思っています。

その原因もわからないままに、無念の死をとげたALSの患者の思いを受け継いでいくことが、ALS患者として今を生きる我々の厳粛な責務です。そして患者としてよりよく生きるとともに、「ALSの原因究明」の可能性のあるかぎりそのために努力することが、ALS患者として現代に生きる我々に課せられた歴史的使命と受けとめたいと思います。

（二〇〇四年二月一日、三幸福祉カレッジ難病講座での講演「ALS患者としての私の目標」をもとに加筆修正）

ＡＬＳとの苦闘

†ＡＬＳ患者として生きる

ＡＬＳは原因不明で今なお治療法がありません。そして一定の割合で等しくすべての人に罹病の可能性が、これまでもあったし、これからもあります。だから現在の約六四〇〇人のＡＬＳ患者は、ＡＬＳ戦線の代表選手といえなくもありません。だとすると、三六万人のすべての難病患者とともにＡＬＳ患者も、精いっぱい生きる義務とともに、人々の支持と支援を受ける権利をもっているはずです。同時に代表選手が崩れると、当分この戦線での勝利はありえません。人類のこの分野での苦しみは存在しつづけることになります。

「病気の原因究明に役立つなら私の体をささげます」「子や孫の代までＡＬＳを残さないために生き抜いてがんばる」。患者の声です。あなたはどううけとめますか。「原水爆の被害者は私を最後にしてほしい」。ビキニ環礁での水爆実験の被害者第五福龍丸の久保山愛吉氏の言葉となんと似通っているでしょう。「神様はね、あなたならがんばれると思ってあなたに病気をもってきたのよ」。ある難病の子どもを前にねむの木学園宮城まり子園長は言いました。こんなふうに気楽に、しかし力強く生きていきたいものです。

ＡＬＳ患者の知性は、いつまでも健在です。そしてそれは、絶望と死に相対し、乗り越えて来たものとして貴重です。人は悲しみの数だけ、その深さだけ人にやさしくなれるようです。だから明るく胸をはって生きていきたいと思います。

（週間ＡＬＳ30号2000・5・15）

†その場面に存在する最も弱い人の立場に立つ

「八王子方面にでかける時は、いったん吉祥寺駅まで行ってから乗り換えて小金井に帰ってくるんです」。小金井地区労の活動をしている頃の、小金井市に住む車椅子利用の障害者の訴えが今でも心に残る。一〇数年前のことだけれど。

「いつものコースの中河原駅から府中駅への帰路、たまたま同行者があり前後反対の場所に乗ったが、階段を降りてからいつもと左右が反対で訳がわからなくなった」「日常の会話の中でも、どんなに笑顔でうなずいてくれても、声をかけてくれなければわからないのです」「視覚障害者には腰痛が多い。ほんの小さな段差にも空足を踏みつまずくからです」。視覚障害の「わの会」事務局長竹村さんはこう語ります。

想像することもむずかしいのだが、全身の筋肉が障害を受け、手足をはじめ体のすべてが動かない。この文章は唯一わずかに動く左手中指で特殊なマウスを使って作っている。元気なころの数十分の一しか作業はすすまずもどかしいのだが。その他、例えば車椅子やベッドで背中にできる洋服のしわは自分では直せず、やがて痛みに変わる。蚊や虫の攻撃はかわしようがない。声も出ず身動きもできないから、介護者から見放されたらおしまいだ。だからナースコールは命の綱となる。難病ＡＬＳ六年目の私の場合である。

それぞれの場合どうすればよいかは、なかなかむずかしい。だがともに考えることはできる。その場面で存在する最も弱い人の立場に立つことが大切、そして同情ではなく同じ目線で見ることが大切だと考えてきた。自分が障害をもって改めてその思いを深めている。「お年寄りにやさしい町は、住民みんなにやさしい町、障害者や子供たちが安心して暮らせる町は、住民みんなにやさしい町であるはず」だから、「車椅子が通れる道は、誰もが安心して歩ける道」だから、である。

（週間ALS82号2002・5・5）

†政治の役割

「病気になり、障害者になって、改めて気づくことがある。それは人間のやさしさの発見です」「なかでも同病者や障害者の集まりの中での助け合いの場面には、深い感動をおぼえる」と書いたことがある。これまでほんの少しのボランティアの経験しかもたない我が身にとり、それは新鮮な驚きであった。「助け合いができる社会が崩壊したと言われて久しい。そんな『血の通った』社会を再び構築しうる救世主となるのが、もしかすると障害者なのかもしれない」。乙武洋匡青年（『五体不満足』）の言葉を実感させる場面を何回も見てきた。

政治はここから目線を低くして多くのことを学んでほしいと思う。政治とは税金の集めかたと使いかたであり、支出のなかみは、自分の力だけではできないことへの支出そして弱者に光をあてることなのだから。

忘れられない一文がある。

「無力な、個々の市民はいうだろう。自分の力で天災に備えた都市をつくることはとてもできない。そこで国や自治体が個人に代わって危機管理と社会資本の整備に周到な配慮をし、市民は安心して生活設計を描く。それが双方の、本来の関係ではないか、と。したがって政府が個人の自助努力や責任をいうとき、自らの責務を果たしてきたか否かについて、まず厳しく自問しなければならない。」

阪神淡路大震災の年の『朝日新聞』の社説である。私たちも言おう。ALSは原因不明で今なお治療法がない。そして一定の割合で等しくすべての人に罹病の可能性が、これまでもあったし、これからもある。これらをふせぐことも患者を守ることも国の責任ではないのか、と。

（週間ALS100号2003・2・18）

†患者交流会

・全国交流会―新潟

第八回日本ALS協会講習会交流会新潟大会（二〇〇三年九月一三～一四日）に参加した。講習会四〇〇名、交流会二〇〇名との報告があった。なお患者の参加四七人、うち呼吸器をつけた患者三一人とのことであった。講演会では「ALS患者さんとノーマライゼーション」と題する講演と「QOLシンポジウム」などがあった。療養環境を向上させるための興味深い報告があったが、時間が短く残念に思った。その中でも「告知とは一度で終わるものでない」との報告には新鮮な驚きを感じた。

前夜の交流会では二〇〇人の患者とその家族、医療関係者、ボランティアなどが一堂に会してエールの交換となった。患者全員がスクリーンに写し出されて紹介された。歓迎セレモニーでは、視覚障害者グループの「万代太鼓」、新潟ロシア村イマール劇場歌舞団の友情出演によるロシア民謡（歌と踊り）、最後に「佐渡おけさ」など地元の民謡の歌と踊りが会場を感動と連帯感で包んだ。

その日、朱鷺（とき）メッセのホテルの二七階からの日本海の夕景はみごとであった。海の彼方にかすかに浮かぶ能登の山々に沈む赤い夕陽、その夕陽を下から受けて幾種類もの茜（あかね）色に染まった幾層もの様々な形の帯状の雲の芸術をしばし堪能（たんのう）した。

この全国交流会での新潟県支部会員、ボランティア、学生、ロータリークラブなどのみなさんの献身的でゆき届いた親切には感動そして感激でした。個人的にも夕食、朝食ともホテルがミキサー食を用意され、初めての経験に大感激。新潟のみなさん、お疲れ様。そしてありがとう。

・新潟と私

新潟に入ると曇り空から小雨模様。約三〇年前出版社に勤めていた頃、新潟の地を会津八一（あいづやいち）の足跡を訪ねてカメラマンのお供で撮影旅行をした時のことを思い出した。今日と同じく新潟平野はどこまでも広くどんよりとしていた。新潟の北から南へ約一週間の出張であった。当時会社の倉庫があった小千谷に何回か出張した。その他、佐渡へ二回をはじめ一〇回近く旅行したことがある。

・多摩交流会―立川保健所

九月六日には多摩での患者交流会があり、患者とその家族、医療関係者、ボランティアなど約八〇人が参加した。告知一年未満の上元さん（町田市）と発症八年、気管切開八年の私（府中市）が報告した。上元さんは、発症以来の体調の変化、職場での苦労そして休職、懸命のリハビリの様子、最近の北海道旅行のことなどを切々と話された。私は、発症以来四年めのまとめと気管切開した時の心境のまとめを報告した。「発信し続ける患者になろう」「人として患者として輝いて生きよう」「私たちの願いや要求実現の母体―JALSAを強く大きく」とよびかけた。告知間もない患者、家族の真剣な問いかけが続いた。

（週間ALS123号2003・9・18）

✝『きらっといきる』

約一週間、昨日（二〇〇四年六月）放送のNHK教育テレビ『きらっといきる』という番組の取材を受けました。その質問に答えているうちに思わぬ角度からの総括をさせられました。一八日にはNHK大阪で最後の収録をしてきました。主なテーマは「発信する、行動する、仕事をする」というもので、ヘルパーさん、学生さん、息子との対話、患者訪問、「わの会」の活動などでした。ディレクター、カメラ、音響の三人の方との一週間のおつきあいでしたが、番組製作への熱意と誠実さに感心させられました。

第 8 回日本ALS協会講習会交流会新潟大会での歓迎セレモニーで
（2003年 9 月）

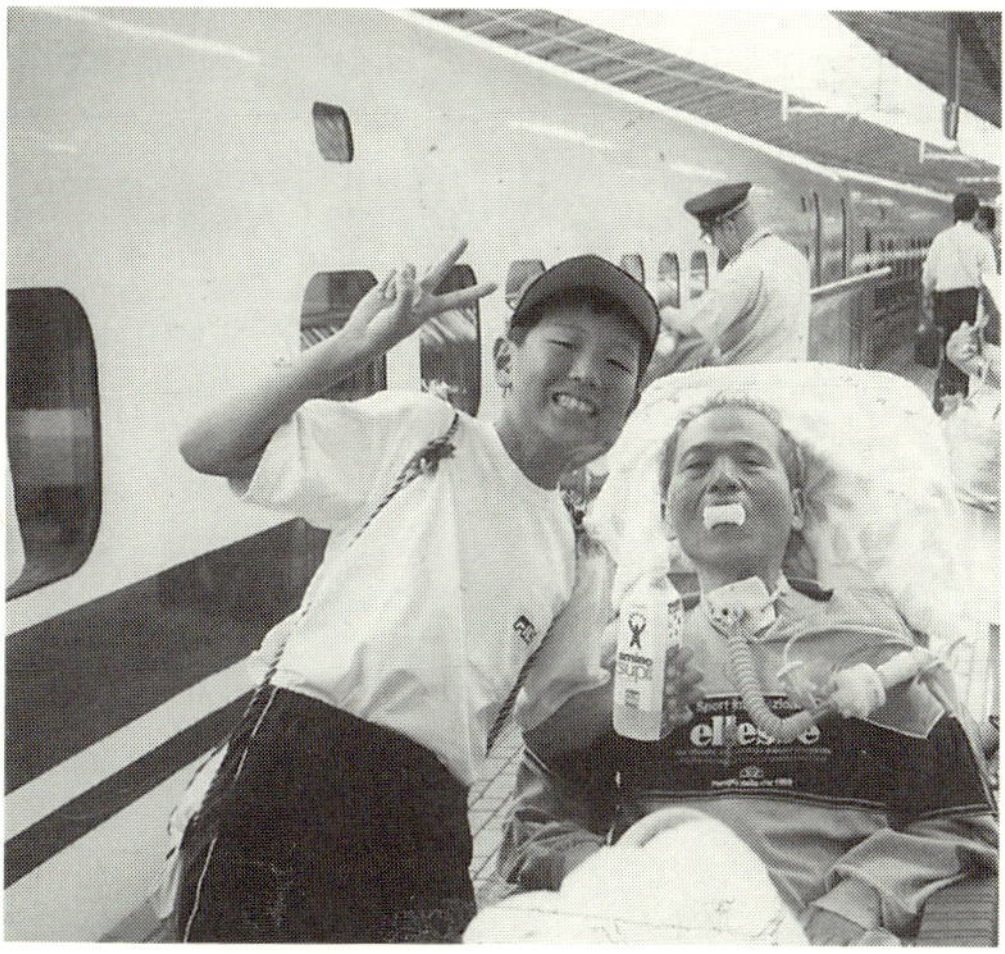

ＮＨＫ『きらっといきる』の収録で、新幹線で大阪へ（２００４年６月）

いろいろな発見がありました。一、番組はレギュラーの三人をふくめて二〇人近いスタッフがかかわっていて打ち合わせが大変らしいこと。二、時間や経費などの制約のなかでも番組製作への熱意と誠実さに感心させられたこと。三、民放ではむり（スポンサーがつかない）なこういう番組にどう接していけばよいのか。さらに四、用意していただいたホテルはバリアフリーの快適なところでした。ただひとつ電動ベッドがあれば、と痛感しました。なんらかのアクションをおこす必要がありそうです。五、新幹線の個室は大きな車椅子にとっては最悪でした。駅員はみなさんとても親切でしたが。これもなんとかする必要を強く感じました。

この間私は、普通に生きる、病気になる前と違うのは体だけでありたいと主張してきました。

ではどうするか。一、まず自分がなるべく健康で普通に生き続けること。二、ＡＬＳの現状を知らせ、連帯の輪を広げる。三、制度改悪などの実態を知って知らせて防ぐために、さらに改善させるためがんばる。四、障害者や弱者が人間らしく生きられる予算を国や地方に求めていく。五、ＡＬＳの原因究明へ貢献すること。を決意したいと思います。

（週間ＡＬＳ１４５号２００４・６・２４）

車椅子からの風景

†改造車

先日デパートの駐車場で、改造車を操作するのを見た。電動車椅子に乗った障害者が自分の車のところに行き、電動車椅子からおりて、まず運転席のドアを開け、助手席に買い物袋を投げ込み、後ろのドアを上に開け、車内のレバーを力をこめて引くと車椅子用のステップを降ろした。それから電動車椅子を手で操作してステップに乗せた。私が見たのはここまでだが、これで約二〇分近くかかった。さらに車内のレバーを引き、電動車椅子をのせたステップを車内に格納し、後ろのドアを閉めて運転席まで歩き、ドアを開け、乗り込む、という作業が残されている。

初老の障害者の手際よい一連の動作を見守りながら、映画の一シーンが浮かんできた。電動車椅子に乗った青年がワゴン車の前に来る。手にリモコンをもちワゴン車にむかい操作する。横のドアが開き、中からクレーンが出てきて、電動車椅子ごと青年を車内に運び、そのまま運転席へ。まもなくワゴン車は軽快に走り去る。この間数分のできごと。

「この車の改造費用は約一千万円です。全額国庫補助です」とのナレーションがさわやかだった。スウェーデンの記録映画の一場面である。なお日本では、改造費用補助は、障害者本人運転の場合のみで最高一三万三九〇〇円となっている。

歴史や制度、税制などの違いがあるとしても、これはなんという違いであるだろう。

（週間ALS21号2000・9・18）

†高速道路のトイレ

旅行をしてまず最初に気になるのはトイレ。これぬきには旅を語れない。どこの休憩所にも必ず障害者専用トイレがあるのは、たいへんうれしく心強い。その広さも清潔さも、ほとんどのところが合格といえるだろう。管理にあたっているみなさんありがとう。

しかし、冬の旅を何回かして、改めて痛感したことがある。今便秘で苦しんでいるのだが、たまたま便座に腰を下ろして、その冷たさに震え上がった。いままでほとんど小用しか利用して来なかったので気がつかなかったが、ウォッシュレットはおろかウォームレットさえみあたらない。その後の旅行で、アクアラインの海螢の障害者用トイレで、待望久しいウォッシュレットを発見して、とてもうれしかった。

なお次の点で改善を求めたい。

第一、便器をウォッシュレットにして欲しい。私の経験の範囲だけれど、ウォッシュレットは海螢を除いて一ヵ所もなかった。

第二、手摺の改善を望む。というのはさまざまに工夫されているけれども、便座の正面には手摺がない。立ち上がるとき一番力がはいるのは、正面からの引く力だから。

第三、入口のドアは、自然に閉まるタイプのものが多いが、車椅子全体が中に入るまでに、自然に閉まるドアとぶつかるのである。自動化もふくめた改善を求めたい。

（週間ＡＬＳ22号2000・9・25）

†入浴サービス

一昨年末から入浴サービスを利用している。老人や障害者に対する風呂の出前サービスとでもいうものだ。

まず概略を示そう。通常三人一組の仕事のようだ。男性一人、看護婦、職員の女性である。まず看護婦が私（患者　障害者手帳一種一級）の体温、脈拍、血圧をはかる。そして洋服をぬがせてくれる。職員の女性が床にビニールシートを敷き、三人で協力して風呂おけの組み立て、ホースを繋ぐなどの作業。風呂おけは二つ折りの組み立て式。お湯は患者宅の水道の水を車のボイラーで沸かして利用する。患者宅到着から以上の作業終了まで約一〇分。

させて入浴。ベッドから看護婦の協力のもと、男性職員が抱き上げて風呂に運び湯に入れる。頭から順番に全身を洗ってくれる。足をのばしてゆったりはいれる。湯舟には網をかけてあり、体を洗う時や体をお湯にしずめる時など便利にできている。なおお湯の温度は希望でき、入浴材の使用も自由だ。お湯に入ってからあがるまで約二〇分。

第一に、自宅で気楽にはいれるのがいい。場所もあまりとらず、蛇口と電源さえあれば、という感じだ。

第二に、動作のひとつひとつを、失礼します、頭を洗います、と声かけしてくれるので、安心感を持てるのがいい。もちろん入浴前後の健康管理もふくめて。

三人のチームワークもよく、動きにむだがないのに感心させられた。たいへんですねと声をかけたら、「入浴後の気持ちよさそうな顔をみたらたまりませんよ」と応える男性職員の笑顔が印象的だった。

しかしながらこの制度少し危うい。介護保険の自己負担が患者の利用をおさえ、業者の営業を圧迫するからだ。

（週間ＡＬＳ23号2000・12・2）

†電動ベッド

先日のテレビ（ＮＨＫ『きらっといきる』出演）の件で用意していただいたホテルは、バリアフリーの快適なところでした。ただひとつ電動ベッドがあれば、と痛感しました。なんらかのアクションをおこす必要がありそうです。夕食がすむと我が家恒例のベッド作りがはじまります。

こんな風です。ベッドの上半分の部分に布団や座布団などなんでもあるものを敷き詰め、一五～二〇度の角度をつけてベッドはひとまず終了。なおベッドのないホテル、旅館がまだまだ多く、初期の頃車椅子で一晩すごしたこともあります。次に呼吸器のセットです。電源、ベッドに対応した呼吸器、加湿器の高さの確保（何しろ古いもので大きく重い）、介護者の場所を確保して終了です。

八月一〇～一一日家族旅行で神奈川県三浦のホテルマホロバマインズ（三〇〇室保有）に行きました。ここはほとんどの部屋が２ＬＤＫで広いリビングが特徴で車椅子にはありがたいのですが、ホテルの部屋に入るたびにいつも、電動ベッドがあれば、と痛感します。つぎにトイレのこと、風呂のことなど気になってきます。

今回思いきって支配人を呼び出しました。代わりに会ってくれたのは課長でしたが、電動ベッドの必要性を文字盤で以下のように説明しました。メモをとり誠実に聞いてもらえました。あわせて家族風呂の要請もしました。1、ベッドに角度がつけられないと、眠れない、飲めない、食べられない。車椅子への移動の時の高さや角度調整ができない。2、呼吸器などの置き場や配置に困っている。3、介護者への無理な姿勢の強要、負担を増やす。

みなさんいかがですか。どんなことに困っていますか。とりあえず二つのことを提案します。一、電動ベッドのあるホテル名を出し合いませんか。私は千葉の鴨川簡保の宿以外に知りません。二、利用しているホテルに電動ベッドを置いてもらえるようにお願いしませんか。

（週間ＡＬＳ１５０号２００４・８・１７）

いのちの重み

†ヒトゲノム解析に積極参加を！

「ＡＬＳの原因究明」のために世界最先端を行く東大「ヒトゲノム解析センター」長の中村祐輔教授の要請を受け、解析への協力を日本ＡＬＳ協会は決定した。生命の設計図であるゲノムを解析することにより病気の原因を解明しようとする全く新しい試みということだ。この結果に基づいて治療薬の開発が進められるため、従来の手法に比べ飛躍的に効率よく研究が進められるとのこと。ＡＬＳ患者にとり、医療とともに原因究明にとりくむという貴重さもあわせて、とても大切なことと受け止めている。

患者としての協力の内容は、協力病院または自宅で一四ccの血液を採取して提供することだけのよう。当然すべてにわたり厳重に秘密は守られるそうだ。けれども「当初一〇〇〇名のサンプルで解析を進め、ある程度解析内容を絞り込んだ段階で、一〇〇〇名の方のサンプルを解析」するという目標を実現することは容易なことではないはずだ。

患者としてこの研究を成功させるため可能な限りの努力をする必要があると思う。

理由の第一は、世界最先端のヒトゲノム解析にＡＬＳ患者として医療とともに原因究明にとりくむという画期的なとりくみであること。

第二は、とはいえ一〇〇〇人の協力者を得るということそれ自体が大変なことであり、単に協力依頼書を送るだけでは成功しそうにないこと。全国の患者の積極的参加、協力が不可欠であること。

第三は、能動的参加者が多ければ多いほど、研究成果への注目の度合いも違い、研究成果の活用のしかたも違ってくる。なにより参加する患者をとりまく医療関係者やボランティアを通じて「ALSの原因究明」の世論をつくることができる。

第四に、参加者が多ければ多いほど、この研究成果がもたらすその後の必要とされる行動へのとりくみを容易にする。

以上の理由から、私は全力でとりくもうと決意している。そして私たちのがんばりが、この貴重な研究にたずさわるたくさんの医療者への励ましになること、全国で悪戦苦闘を続けるALS患者へのなによりの励ましとなることを信じている。

当面どうするか。日本ALS協会の具体的な行動の指示を待ちたい。だがその前に協力依頼書を待つのではなく「私も参加します」の声を集めたいと思う。いま患者としてできること、やるべきこと、それはできるだけたくさんの仲間や家族に、このとりくみの意義と自分たちの役割を知らせ、できれば参加の意志を固めてもらうことだと思うからです。

（週間ＡＬＳ124号2003・9・27）

✝無念の慟哭を、その魂の叫びを重く受けとめて

「全身の筋肉が動かなくなる原因不明の難病、筋萎縮性側策硬化症（ＡＬＳ）で患者の神経細胞のたんぱく質の一部が通常の構造と異なっていることが東京大学の郭伸・助教授（神経内科）らの研究でわかった。」との『朝日新聞』（二〇〇四年二月二六日朝刊）の報道に多くの反響がありました。「よかったね」などの電話やメールを何本ももらいました。ヒトゲノム解析の壮大なとりくみへの感謝と、自らもその片すみに参加できた喜びを実感しました。さらに研究がすすめられ、一日も早く全面解明されることを熱望しております。

私たちのがんばりが、この貴重な研究にたずさわるたくさんの医療関係者への励ましになること、全世界で悪戦苦闘を続けるＡＬＳ患者へのなによりの励ましとなることを信じたからです。

ＡＬＳは一定の割合で等しくすべての人に罹病の可能性が、これまでもあったし、これからもあります。単純計算ですが、いま地球上に三〇数万人のＡＬＳ患者がいると思われます。歴史的にみれば罹病してその原因もわからないままに、発症して三〜五年以内に、主として呼吸筋麻痺で、無念の死をとげたおそらくは数百万人のALS患者たちがいたことが想像されます。私のまわりでも九年間で一〇人の仲間が無念の死をとげていいます。これらの人びとの無念の慟哭を、その魂の叫びを重く受けとめたいと思っています。

そしてもし「ALSの原因究明」がなされないなら、三〇数万人のALS患者の苦しみや悲しみは持続され、これまでと同じ数の無念の死が積み重ねられるでしょう。だが……。ついにはじめられた生命の設計図であるゲノムを解析することにより病気の原因を解明しようとする全く新しい試みに対して、「発病以来初の、確度の高い研究と認識して、心躍る思い」(橋本操さん)、「全世界のALS患者が待っている置換方法、やっと巡って来たと心が踊ります。この日が来ると信じて生きることを択びました」(馬崎大輔さん)の声が寄せられ、「ヒトゲノム解析事業」に参加すべく急遽、ALS協会に加入された東京の岸徹さんは「ヒトゲノム　解析せしむプロジェクト　我の病にいきつくや　何時(いつ)」と歌われました。こうして未来への魂の叫びがつぎつぎと寄せられました。原因不明、治療法なしという中、あらゆる民間療法にすがり、新薬情報に一喜一憂という状況からの大きな飛躍を感じます。

その原因もわからないままに、無念の死をとげたＡＬＳの患者たちの思いを受け継いでいくことが、ＡＬＳ患者として今を生きる私たちの厳粛な責務であるだろうと考えます。そして患者としてよりよく生きるとともに、「ＡＬＳの原因究明」の可能性のあるかぎりそのために努力することが、ＡＬＳ患者として現代に生きる私たちに課せられた歴史的使命と受けとめたいと思います。

このプロジェクトを実現し、取り組んでくださった医療関係者をはじめすべての皆様、このプロジェクトを支えてくださったすべての皆様に心よりの感謝と全面的解明へのさらなるご努力のお願いを申し上げ、ご報告とさせていただきます。ありがとうございました。

日本神経学会総会とあわせて開催されたＡＬＳゲノムセミナーに参加。日本の神経医学にたずさわっておられるお医者さんを中心に約二〇〇人近い参加があった。そこで患者として以上の報告をした。東大「ヒトゲノム解析センター」長の中村祐輔教授からゲノム研究の報告があった。六〇億円で目標とするほぼすべてのヒトゲノム解析が可能……。厚生労働省のグリーンピアなど一連のムダ遣いが約四〇〇〇億円だったことを思い浮かべて聞いた。

中村祐輔教授の報告で、ＡＬＳ患者について九六人の調査を終えた段階で、ＡＬＳのゲノムの三か所で大きな特徴が発見されています。だが一〇〇〇人の目標に対してこれまで集まったのは五〇〇人弱というのです。日本ＡＬＳ協会は改めて一〇〇〇人をめざし呼びかけるそうです。私たちにできることを知恵を出し合い整理しておきましょう。そして「六〇億円で、目標とするほぼすべてのヒトゲノム解析が可能」とのことは、この国の予算規模からみて十分可能に思われます。すべての難病克服めざす共同のとりくみにすれば一大国民運動も展望できるのではと思います。

（週間ＡＬＳ141・142号2004・5・15、16）

前を向いて生きる

†前を向いて生きる──私の場合

発症三年目に、誕生日を祝ってくださった方々にこのように心情をお伝えしました。

「これからの生活ですが、二年数か月のＡＬＳ患者体験をふまえ、つぎのように気楽に、前向きに生きたいと思っています。第一は、率直に、片肘はらずに、ということ。現在の体力にあわせて、気楽に身をまかす、車椅子も思ったより楽で安心です。第二は、ＡＬＳ患者のひとりとして、障害者や難病への世の理解を深め、ＡＬＳをふくむすべての難病をこの地上からなくし、真に住みよい社会をつくる運動へ参加すること。こんな病気を、子供たちや未来の世代に残すわけにはいかないから。そして、障害者や老人にやさしい町は、すべての人にやさしい町であるはずだから。第三に、目的をもって生活を送ること。『希望』の編集、発行、地域福祉の若干の活動、ほんの少しの原稿書きなど。

発声も徐々に困難となり、転倒も多く、前歯を二本折ったり、五針縫ったり、悪戦苦闘の毎日ではあります。失ったもの、失いつつあるものの日々の確認は、なかなかつらくきびしいものがあります。なお病気の進行により何度も書き直しを余儀なくさせられています。

それから七年、人として前向きに生きるために必要なこととしてこのようなことを実感しています。

第一に、人と会うこと。

ありのままの自分を人に見せることができること、つまり元気なころとは比べようのない重い障害をもつ自分を人に見せることができること。このことがその後の療養生活の方向を決める。具体的には元気なころの友人たちと会うことで問われる。私はできるだけ人と会うことを心がけていきたいと思っています。

第二に、人生の目標を根本から書き直すこと。自己の歴史の大転換をはかる、いわば自己の物語を書き直すことです。もちろん何回も書き直しを余儀なくさせられるとしても。

第三に、患者にできることは何かを自分なりに模索すること。それは人と人との架け橋になること。それは人を助け、人に助けられる人びとをつなぐ架け橋。それはやさしさの連鎖をつくること。具体的には医療、看護、介護そしてボランティアの人びとをつなぐ架け橋。もう一つは患者の存在、生きることが家族の生きる力をつくり、とてつもない困難に立ち向かうその姿が人びとを励ましていることを知ること。

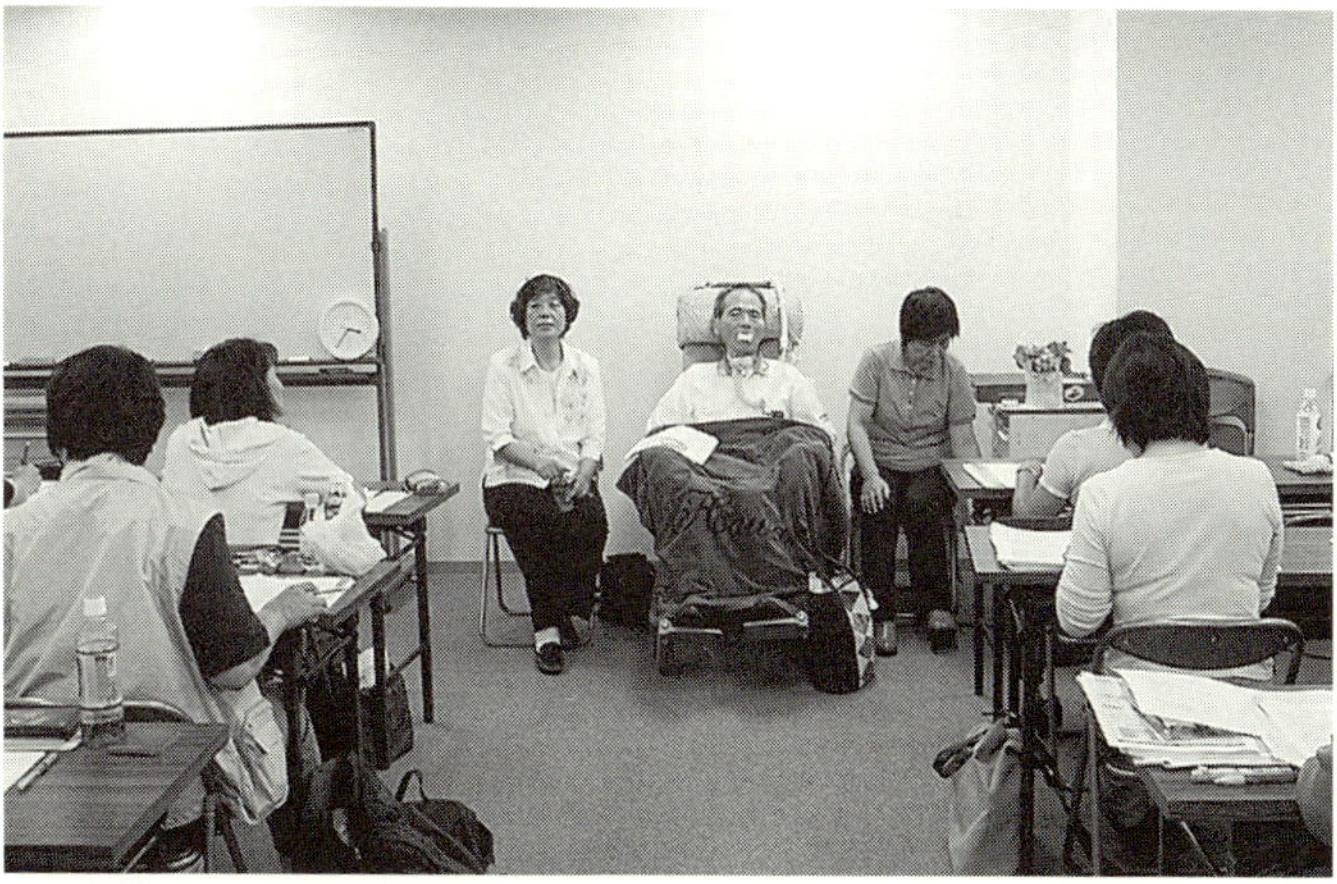

三幸福祉カレッジ難病講座での講演（2005年 6 月18日）

†前を向く転機となったこと―がんばる仲間の紹介

一、愛知県、藤本栄さんの場合

何故私が立ち直れたかというと、人間は不思議なもので落ちる所まで落ちてしまうと、それ以上落ちる事が無いので、失いつくしたら今度は得られる事に目がいくのです。また、得られる喜びに感謝できるようにもなるのです。

私は、そのきっかけが、人工呼吸器だったのです。そして今では、自己実現より、他者実現の方がはるかに素晴らしいことに気が付きました。また、私は、妻でなければ死を選ばずにいられなかったでしょうし、その後出会った方たちは皆、神様が私を生かすように仕向けたとしか思えないような素晴らしい出会いでした。

私は、その方たちのおかげで、この世に生かされました。しかも、私たちが介護地獄に陥っていた時に天の助けの障害者支援費制度が始まったのです。その時、天から声が聞こえました。「苦しむ方々を救いなさい」と、私は迷わずすぐに訪問介護事業所を立ち上げたのです。

二、千葉県、舩後靖彦さんの場合

サラリーマン時代の僕は、日常に追われ命について考える余裕等無かった。だからと思い切って自分の時間が使える今、書いてはみたものの戦争に触れた途端「自分の課せられた役目役割から逸脱しているのでは？」との疑問に襲われた。と同時に、「反戦も大事だが、今は自分の役目役割を伝えたい」との気持ちに襲われた。

役目役割と言っても何も「ある朝、雷鳴と共に啓示を受けた」などと言う神がかったものなど残念ながら一切無くて、ただ単に「筋萎縮性側索硬化症発症者として、後から発症なさられた方たちのお役に立ちたい」という自分で自分に課したものだ。そしてその具体的活動として「ピアサポートとしての私の詩や俳句の配信」を、「つないだ命持つ者の務め」として、時には「僭越だ」とのお叱りに耐えながらも地味に続けている。正直「くだらない」との評価を受けやしないかとの、不安との闘いの連続だ。でもその不安に負けて配信に躊躇などしたら、「つないだ命持つ者としての役目役割」つまり「ピアサポート」が果たせない。

三、東京都、長谷川進さんの場合

告知と受容／二ヶ月ほど検査をした結果、ＡＬＳだと告知されました。正直言ってはじめて聞く病名で、何がなんだか解からなくなりましたが、先生の様子からただ事でないことは察することができました。説明を聞くと治療法が確立しておらず、原因もわからないとのこと。それを聞いて頭の中は真っ白、これで吾が人生も終わりかと暫らくは絶望の日々でした。

暫らくして、少し落ち着きを取り戻し、どんなに考え思いあたる原因はなくても、病気になるときはなる、人間の力の及ばないことがたくさんあるんだと改めて知らされました。そしてベッドの上にいるこの現実から逃れることはできないと理解しました。

それならば病気とともに生きていくしか方法がないと病気を受けいれ、できることをあせらずやることにし、絵を描くことをはじめました。また、患者の集まりにも参加して病気と向き合って生活している方が他にたくさんおられることを知り、大変勇気づけられました。

四、東京都、北谷好美さんの場合

私は三四歳で発病。三六歳で妊娠。三七歳で出産。発病当時は自分の事は、かろうじてできていたものの三九歳ぐらいから全介助、二四時間体制が必要となりました。今は二四時間を介護者と過ごしながら、今年一〇歳になった娘と夫と暮らしています。当然の事ながら、障害年金だけでは生活はなりたちません。夫が仕事をしないで介護に専念するなど到底無理な話で、一家全滅になってしまいます。二四時間を他人介護に頼らざるを得ないのです。

私は主婦であり、子育てをする母であり、夫にとっては悪妻であり、ＡＬＳ患者としては活動家？（ようやく活動を始めたばかりですが）として、障害に負けずに自立してやって行こうと思っています。こんなに過酷な病気でありながらも、在宅で療養生活を過ごせるということが、生きる力を与えてくれるのです。

もし、私が妊娠・出産をあきらめ、病院の白い壁に囲まれて、進行する病気と孤独の狭間で闘いながら生きる方を選ばざるを得なかったとしたら、今の私はいなかったかもしれません。

五、和歌山県、和中勝三さんの場合

発病から告知までの初期の方への意見は難しいです。私自身も気管切開するまで「死にたい、外へ出たくない、人と会いたくない」と言っていました。治療法がないと知ったときは思いきり泣きましたし、絶望感に襲われ家内にあたり、困らせたこともありました。

私が乗り越えられたのは、私が「死にたい、呼吸器を着けない」と言いはっても、何も言わずに黙って辛抱しながら介護して支えてくれた家族がいたからです。患者の気持は体調に応じて変わると思うから調子のいい時に患者本人より重病の方か、ＡＬＳ協会支部事務局長と会うように勧めるといいと思います。嫌がるのを無理に会わさない事。

✝できることから可能性を広げる

「もう、生きる気力がありません。思う様にもなりません。早く死ぬ方法を教えて下さい。皆様は、『生きる』とは、何ですか？　教えて下さい。人工呼吸器に、繋がれベッド上生活に、あきました。」先日このようなメールをもらい滅入りました。

もとよりＡＬＳはその進行性のゆえに、機能の喪失の日々の確認の作業をともなうものです。そして主要な機能の喪失は、病む体と心をくじけさせるに十分です。けれどもこのメール（実態はこうした人たちのほうが多いのですが。私の発症当時の仲間はほとんど亡くなっています）と引用させていただきました五名となんと違うでしょう。

別れ道はどこにあるか。

それは「できなくなったことを数えるのでなく、できることから可能性を広げること」ができるかどうか。「とじこもらないで外に出ること、人に会うこと」ができるかどうか。より具体的には「それならば病気とともに生きていくしか方法がないと病気を受けいれ、できることをあせらずやることにし、絵を描くことをはじめました。また、患者の集まりにも参加して病気と向き合って生活している方が他にたくさんおられることを知り、大変勇気づけられました」との長谷川さんたちの生き方に学びたいと思います。

人手さえあれば、人間らしく生きられる。そしていつまでも知的活動、知的生産を可能とするＡＬＳの特性を活かして、新たな可能性を切り開きたいと私は思っています。

（二〇〇五年九月二四日三幸福祉カレッジ難病講座での講演「前を向いて生きる」より）

息子結一郎へ

✝結一郎の先生への手紙

……家庭生活では、八時半に風呂、歯磨きをすませて寝ること、七時に起きること、宿題をふくめて毎日勉強すること、家の手伝い（私のめんどうもふくめて）をよくすることなど、よくやってくれます。努力してほしいことは、夜のうちに翌日の準備をすること、なんでも食べること、食べ物への苦情をへらすこと、本を読むことなどです。気になるのは、テレビゲームのこと。普通の遊びが五感すべてを使うのに対して、二感せいぜい二感半（指は使うから）しか使わないのだから、発達をゆがめないはずがありません。さらに目への悪影響もさることながら、「殺す」ということばがとびかう現状は、無視できないと思うのですが。……小学二年元気いっぱいです。

✝息子への手紙

おかえり結一郎（二〇〇〇年三月六日）

ただいま、お父さんは、やっとかえってきたよ。またなかよくしよう。

結一郎君の夏休みに家族で清里旅行（2005年 8 月）

ながいあいだるすばんありがとう。おおさきさんやこっこおばちゃんやももねえちゃんとなかよくできてよかったね。びょういんにもなんかいもきてくれてありがとう。結くんのげんきなかおをみて、おとうさんもげんきになれたよ。

こえはでないけど、ぱそこんはだいじょうぶ、はなしはできるよ。ところでじてんしゃはまだほしくないのかな。二年生になったらかってあげよう。

おとうさんはびょうきで、おかあさんのおてつだいができないけど、結くんはがんばろうね。

†結の野球をみておとうさんの感想（二〇〇一年七月二四日）

・よかったこと

一、ノーアウト満塁での三塁ライナーをよくとり、ダブルプレーにしたファインプレー。ボールからにげないでボールにむかっていったことと、すぐに三塁にはいったことがとてもよかった。二、ランニングホームランのときのベースランニングと本塁へのすべりこみはなかなかよかった。練習してきてよかったね。三、めちゃくちゃにあつい中二試合もよくがんばった。おつかれさん。

・わるかったこと

大好きな息子結一郎君と日本酒と。気管切開後の2001年頃

結一郎君の野球の応援に（2004年11月）

一、三塁に送られるボールを何回か横や後ろにそらしていたこと。こしをおとして体の中心でとらないといけない。二、かんたんなフライをおとしたこと。何回もノックをしてもらって練習するとうまくなるよ。三、もっとリーダーらしくがんばろう。これからキャッチボールを相手のむねをめがけて強い球を投げること、毎日すぶりをすることです。

✝運動会の感想（二〇〇四月六月二日）

・最後のあいさつ

落ちついていたこと、言葉に気持ちがこもっていたこと、話の内容がわかりやすかったことなどとてもよかった。

・リレー

みんなをよくまとめていたことが感じられてとてもよかった。走りもよく頑張った。リーダーを経験することには特別の意味があります。自分のことだけでなくいつもみんなのことを考えなければならないからです。これは将来必ず役に立ちます。

・徒競争

クラスで一番速い四人の組み合わせだったから大変だったけど、足の調子が悪かったのかな。ともかく出番が多くて大変でした。お疲れ様でした。

約束を三つお願いします。一、いつもお父さんにきちんと顔を見せてあいさつすること。二、明日の用意を前の夜にすること。三、本を読むこと。

いまＮＨＫ教育テレビ『きらっといきる』という番組の取材を受けている（六月二八日午後八時放送予定）。その質問に応えているうちに思わぬ角度からの総括をさせられている。そのひとつ、息子との会話を振り返ってみた。


（週間ＡＬＳ１４４号２００４・６・７）

第三部

生きるためのたたかいと支え

呼吸器をめぐる大きな壁

†呼吸器の装着を、患者や家族が悩んで悩んで悩んで

古いメールをみていたらこんなメールが出てきた。

「人は、足を折ればギブスをつけ、脳の血管が詰まったといえば、それを取り除く手術をします。医者も患者も、生きるために当たり前の努力をします。それなのに、何故ALSの患者は、生き延びられる確実な手段、呼吸器の装着を、患者や家族が悩んで悩んで悩んで……決断を迫られなければならないのでしょうか？　呼吸器を装着したが最後、そこにのしかかる家族の負担……。何故そんな事に、生きるための必死の手段に、国がもっともっときめ細やかな手助けをしてくれないのでしょうか？」

この答えを発見したい。

†人間らしさと呼吸器

二〇〇一年四月、日本ALS協会東京支部が開いた患者交流集会で、「呼吸器をつけて生きることは人間らしくない」と、主治医だけでなく東京の大学病院で言われ混迷しているという、埼玉の六〇才くらいの女性の涙ながらの報告は、参加者の胸をうつとともに、ＡＬＳ患者がさけることのできない課題として存在している。この医者たちのいうように「人間らしく呼吸器をつけず」に生きるということは、書物にあるように三年から五年で呼吸筋麻痺で死ぬということになる。希望の会の仲間五人が昨年立て続けに亡くなった。私と同じ病室で気管切開したＳさんもまた呼吸器をつけることなく、昨年亡くなっている。ところで「呼吸器をつけて生きることは人間らしくない」とは「患者の病状への評価―呼吸器をつけてただ生きるだけで人間らしいといえるか」ということの他に「呼吸器をつけると介護が大変、それでもつけるのか」という意味をふくんでいる。そして発症二、三年の仲間の多くが、深刻に悩んでいる。ＡＬＳ患者が有意義な人生をまっとうできるよう、多くの人々と率直に語り合っていきたいと思う。

†きびしい環境

「今私が言えるのは、〝人工呼吸器〟を付けても、〝生きて〟いれば、苦しい時も悲しい時もあるけれど、きっと喜びもある」。「ＡＬＳ患者が生き続けなければ、原因究明は遠退くばかりです」。「五〇人近い呼吸器装着患者にお会いしましたが、つけない方が良かったと言う人に会ったことはありません」。呼吸器をつけてたくましく生きる仲間の声である。どういう生き方を「人間らしい生き方」と考えるかは自由だが、「呼吸器をつけて生きたい。死にたくない」という患者がいれば、その実現に努力するのが医療の役割だと思う。だが現実は、私の経験でも、介護の大変さが強調され「つけるとは言いにくい環境」がつくられたように思われる。「呼吸器をつけるなら、うちではみない」という病院が実は少なくないのだ。そして「呼吸器を推進する」医者も少数なのだ。第一の論点、前途依然きびしい。

✝「介護が大変」

第二の論点にうつる。しかし現実は、長期に医療を必要とする難病患者にとって極めて厳しく、どの医療機関でも呼吸器をつけた患者に対する十分な受け入れ体制がない。ここから「介護が大変」という第二の論点がうかびあがる。この問題はさらに、介護一般の大変さと、いわゆる、医療行為問題―排痰、浣腸などの行為を家族以外のものがやってはならないというもの―に大別される。介護の大変さについていえば、確かに介護する側の負担は想像以上のものがあり、中途半端な気持ちではすべてが不幸な結果になるだけだろう。けれどもまわりに負担をかけたくないから、人工呼吸器をつけずに窒息死を選択するとしたらなんと悲しい選択であるだろう。この課題、患者家族に押し付けるのは、あまりにも重すぎる。

†主治医の最初の一言

二〇〇二年三月一八日、三鷹武蔵野保健所で、日本ＡＬＳ協会東京支部三多摩ブロックの三鷹武蔵野地域の集いがあり参加した。患者家族や専門職の人たち六〇人近くが参加、それぞれの報告と悩みの相談に医者が答えるかたちで集いはすすめられた。告知間もない患者家族の絶望的深刻さと、長期の療養を経ている患者の、目的や生きがいをもった明るさが対照的に感じられた。主治医の最初の一言、つまり初期指導がその後の療養生活を決定付けるとの感を改めて深くした。キーワードは「ＡＬＳは筋力、体力は失うが、考える力は失わない」ということ、これをどうみるかがきわめて大切に感じた。

†呼吸器をつけないということ

二〇〇二年四月九日、瑞穂の五二歳男性患者のお見舞いに行った。患者同士の交流もあまりなく、ヘルパーをはじめとする制度利用も同じ東京とは思えないほど遅れていた。大変な介護を家族に押し付けられないと、呼吸器を拒否しておられる。「死ぬことを何回も考えました」。うっすらと目に涙をにじませ静かに語る。いまある制度の利用を広げること、そして家族介護の可能性とその限界、どのように切り開いていくか、直面する重要課題である。「家族に迷惑をかけたくないから呼吸器はつけない」。悲痛な声があちらこちらから聞こえてくる。介護との関係、まさに重要である。

「死にたい人などいない、いるはずがない」のに、と改めて思う。

これが医療関係者によれば「あの患者は呼吸器を拒否しているから」とされる。怒りがわいてくる。

（二〇〇五年一〇月二一日東海大学での講演「呼吸器装着者の思いと介護」をもとに加筆修正）

吸引問題をたたかう

†「吸引問題」の署名を集めて下さい

「吸引問題」とは。ＡＬＳなどのように呼吸筋が麻痺し呼吸が困難となる難病でも、人工呼吸器をつけることにより、人間として立派に生きていけるし在宅療養も可能である。ところがそのようにして生きていくために不可欠の前提となる口や喉からの唾液や痰の吸引が、いわゆる「医療行為」として医者や看護婦以外には家族だけにしか認めない、つまりヘルパーや介護者にはこの国の法律は「吸引」を認めないのである。ぜひ別紙要望書をお読み下さい。そして署名運動へのご協力をお願いします。署名は家族全員の名前を書いてもらって下さい。なお「吸引」は、我が家では息子が小学二年からやっている。

二〇〇〇年四月、問題の介護保険が数多くの問題点を残して実施されたが、「吸引がしてもらえなくなった」「湿疹部にかゆみ止めを塗ることも出来ない」「床ずれの手当ても消毒はだめ」など重度の在宅患者に様々な困難をもたらした。そして発生した多くの問題は今も解決されていない。

†「吸引」などの医療行為についての私の意見

第一は、いわゆる医療行為が法律にふれるのは、その行為を反復継続しなおかつ業としている場合であるから、ヘルパーの行為は該当しない。第二に、緊急避難としておこなう行為は救命行為であり、法律にはふれない。第三に、現在病院での長期療養は不可能であり在宅療養は必然である。だからそこから発生する必要事は本来国の責任で満たすべきものである。つまり需要にみあう訪問医療の実現は国の責任なのである。第四に、ヘルパーのやむをえざる医療行為はだから行政の不備をやむをえず補う行為なのである。さらに強固な信頼関係にもとづくその行為に、告訴などの概念の入り込む余地はない。第五に、結論的にいえば、国はすべての在宅療養者の必要を満たすべく訪問医療とりわけ訪問看護体制を整えること。整うまでの期間は、やむをえざるヘルパーの医療行為を認めること。いわゆる医療行為についての概念を広く民意を結集し検討しなおすこと。

署名運動の意義を考えてみる。

第一に署名運動は、その数が力となります。その要求（課題）の実現をめざす人々の願いの大きさを示すものだからです。

第二に署名運動は、効果的な宣伝の手段となります。署名するかどうかを判断するためにある程度真剣にその趣旨を読もうとするからです。

第三に署名運動は、その組織（または運動体）の一員であることの自覚を深めるとともに、集める側にまわることにより、その組織（または運動体）の行動の階段をひとつ登ることになります。さらに署名運動の依頼の輪を飛躍的に広げることにより、行動への参加者をふやし、確実に運動の輪を広げていきます。（週間ALS87号2002・8・4）

†このように呼びかけ、署名いま三一二人分

・ご報告とお願い

暑さまだまだ厳しいなか、いかがお過ごしでしょうか。

当方発症七年め、気管切開三年めを大過なく療養生活を送っております。発症以来変わらぬみなさまのお見舞い、激励そして様々なご支援に心よりの感謝を申し上げます。

まずご報告ですが、気管切開した年の五月から週刊での発行をめざして、同封の『ALS患者のひとりごと』というものに勝手なことを書いてきました。療養生活の一端をご理解いただければ幸いです。

お願いは、同封の署名のお願いです。「吸引」を中心とする医療行為問題が私たちの療養生活とりわけ在宅療養を困難なものにしています。「思うに希望とは、もともとあるともいえぬし、ないともいえない。それは地上の道のようなものである。もともと地上に道はない。歩く人が多くなればそれが道になるのだ」。魯迅のいうように、地上に新しい道をつくらなければと思っております。

・いま二つの活動にとりくんでいます。

一つは、「府中地域福祉を考える・わの会」の障害者の自立支援の活動です。我が身の問題であるとともに、世界に五億人、国内には四〇〇万人をこえる障害者がいるという現実があり、ひとりでは生きられない命を多数ふくむこれらの人々の幸福の実現なしに社会進歩はないと思うからです。

もう一つは、ＡＬＳの患者会の活動です。日本ＡＬＳ協会東京支部と希望の会の活動です。皆様からの貴重なカンパは、ここで活用させていただいています。全国六四〇〇人の患者が、家族や関係者とともに悪戦苦闘をつづけています。その前進に少しでも役に立てればと思っております。

最後に、皆様のご健勝をお祈り申し上げます。引き続きご自愛下さい。なお返信用封筒は間に合いませんでした。申し訳ありません。

（週間ＡＬＳ88号2002・9・15）

†署名二八〇〇超す、全体で一七万

八月にみなさんにお願いしてきた「吸引問題」の署名はいま二八〇〇人分（注：最終的には五五〇〇人に達する）、全国では一七万を超えたとの報告がありました。当初の目標を軽く超えたそうです。「吸引問題」がいかに深刻であるかの表れと思われます。私の署名運動へのとりくみの中では、故里香川の幼なじみや近所、親戚の人たち、学生時代の友人、元の職場の仲間や様々な運動をともにした人たち、そして発症後お世話になっている医療や福祉関係のみなさん、さらに障害者運動をともにすすめる仲間やボランティアのみなさんなど、たくさんの人々の心あたたまるご協力をいただきました。深く深く感謝申し上げます。そして引き続きよろしくお願いします。

病気や障害をお互いに知り合うとともに多くの人々に知ってもらうことの意味を考える。

第一に、病気や障害への理解を広げ深め、病気や障害に対するいわれなき偏見、故なき差別をなくしていきます。

第二に、介護や様々な援助の内容の改善に役立ちます。それぞれの問題点がより具体的に提起されるからです。「笑顔でうなずいてくれても声がなければ私たちにはわからないのです」。ある視覚障害者の訴えは新鮮な驚きでした。

第三に、希望や要求が具体的に語られることで、それらがなぜ実現しないかが明らかになります。さらに多くの仲間たちの希望や要求が出される中で、その共通性が整理され、根本的要求がみえてきます。みんなで力をあわせる努力の方向が明らかになります。例えば、進行性難病ＡＬＳである私の要求は、「病気の進行よ止まれ、特効薬よ出よ、必要なケアの保障を」などです。病気そのものの深刻さ、研究体制や予算の不十分さ、医療や介護などをふくむ国や都の社会保障の削減などが、要求実現の障害になっています。

以上のようにまとめてみました。ところで私たちはともすれば病気や障害を隠し、引きこもり、そして社会から孤立しがちになります。けれどもそこからは何も生まれないことを確認しましょう。日本国憲法第二五条には「一　すべて国民は、健康で文化的な最低限度の生活を営む権利を有する。二　国は、すべての生活部面について、社会福祉、社会保障及び公衆衛生の向上及び増進に努めなければならない。」とあります。読むほどに自信と勇気がわいてくる感じがします。

「本人よ昂然（こうぜん）たれ、家族よ隠すなかれ、周囲の人びとよ好意の無関心を」という言葉があります。障害者自身は、人間として、社会の一員として、堂々と生きていくこと、親や家族は、本人の責任でない我が子の障害について、負い目を抱く必要はない、社会の人々は、障害者をあたたかく受け入れる価値観をもつべきである、という意味です。比べず、競わず、ありのままに認めあう心、そういう価値観がひろがればと願っています。

（週間ALS89号2002・9・30）

†吸引問題その後

昨年末厚生労働省は、患者の痰の吸引行為が医師や家族以外には禁じられている現状を見直すため、省内に検討会を発足させる方針を決めた。介護現場の実態などを踏まえ、吸引行為者をホームヘルパーにも拡大するかどうか結論を出すという。昨年一一月坂口力厚労相に対し、家族の介護の負担を減らすことに賛同し制度の見直しを求める約一七万八千人分の署名を提出。坂口厚労相は「吸引問題に決着をつけるときがきた。検討会で、解決策を話し合いたい」などと答えた。

そもそも問題の根源は、医師法一七条に「医師でない者の医療行為の禁止」とあるだけで、肝心の医療行為の内容に触れていないことにある。厚労省はこれまで家族の吸引は容認する一方で、ヘルパーに対しては医師法で規定された医師の医療行為に当たるとして認めていなかった。このため家族は「目が離せない」「肉体的・精神的負担に耐えられない」という状態が続いてきた。そこで法をクリアするため、生きるため私的に看護婦さんを依頼すると時給二五〇〇円前後、毎月一八〇〇万円かかるという。この問題、角度を変えてみると自薦（つまり全額自己負担）ヘルパーなら自由に行うことができることになる。医師法上は、家族やボランティアなど「介護を業としていない者」が行うのも自由だからだ。けれども結局カネ次第と言うことになる。

これまで厚労省は「現場のとまどいは承知しているが、良識の範囲で現場の判断にゆだねることが最も実情に即していると思う」としてきた。つまり意識的に医療行為の具体的内容をグレーゾーンとしてきた。なぜか。もし内容を明確にして厳格に運営すれば、第一に、ほとんどの在宅療養は不可能となること、第二に、とはいえ在宅療養が不可能な患者を収容できる病院などの施設は決定的に不足していること、第三に、さらに厳格な運営にたえうる訪問看護をはじめとする訪問医療体制なども問題にならないこと、などから、憲法二五条にいう「健康で文化的な最低限度の生活を営む権利」はおろか命そのものさえ守れないからである。

これに対し、「現状ではヘルパーの良心で法的に禁じられている医療行為を緊急避難的に行っており、責任の所在はあいまいだ。ヘルパーの教育プログラムを充実させたうえで、簡単な医療行為は認められるべきだ」と私たちは主張してきた。ＡＬＳ患者は現在、約六四〇〇人。このうち家族の介護の負担などを理由に、ここ数年間で計約二千人の患者が自発的に呼吸器の装着を選択せず、命を失った患者も少なくない。記者会見の場で、兵庫県の患者熊谷寿美さんがこういってくれた。「ヘルパーが介護に来ても、家族は休息できず、家族が倒れると私の生きる道も断たれてしまう。ヘルパーによる吸引を認めてほしい」と。

（週間ＡＬＳ102号2003・2・28）

†吸引問題は重大局面

これまで厚労省は医療行為の具体的内容をグレーゾーンとしてきたため、現場に無用の混乱を呼んでいる。そしてその被害は、より弱いものにつまり患者家族に重くのしかかる。本来必要のない対立をつくりだしながら。

問題の「看護師等によるＡＬＳ患者の在宅療養支援に関する分科会」、その名称も内容も問題があるが今はふれない。そして私たちの要求「医師、看護師等による研修指導を受けた家族が安心して任せられるヘルパー等の介護人」による実施に反対の意見は「①吸引は難易度が高く危険。②まず訪問看護の拡充が必要」に集約されるようにみえる。

①をみる。「難易度が高く危険」であることの証明が必要である。「疲れはてた家族が

寝ぼけ眼なこでする吸引」「我が家では息子が小学二年からやっている吸引」、日本ALS協会の調べでも四割近い患者がヘルパーさんに「吸引」をお願いしている。けれども訴訟に至るような事故は聞いていない。②をみる。「まず訪問看護の拡充が必要」は大賛成である。けれども問題は、それまでの間どうするかである。介護に休みはないのだから。

在宅や施設、病院で看護職が足らず、介護職員や無資格者が吸引をしなければ、患者が生きていけず、家族が共倒れになる状況や入所もできない現実を全委員に訴えたい。改めて現実をとらえなおし、建前や立場をのりこえて、患者、家族をはじめすべての介護、看護にあたる人たちに希望のもてる結論へがんばりたい。当面一〇日の委員会をしっかり傍聴してきたい。

埼玉県議会での吸引に関する議案が七日午後可決された。「国においては、家族の負担を軽減し、ALS患者の自宅での療養の継続と質的向上を図るため、神経難病患者等に対するヘルパー等介護者による喀痰吸引を可能とする法制度の整備を強く求める」という主旨で。

（週間ALS103号2003・3・8）

†患者の目と心で考えてほしい

「すべて人というものは、第一に生きられるだけ生きねばならぬものなり。第二に、出来るだけ健康にならねばならぬものなり。第三に研かれるだけ知恵を研かねばならぬものなり。身体、精神すべて発達することの出来るだけはなるべくこれを発達させねばならぬものなり。」幕末の思想家植木枝盛はこういっている。ALSを告知された直後の私の精神的支えとなった言葉である。およそ患者は、生かされるのではなく生きねばならない、よりよく生きなければならないのだと思う。だからすべての患者の命輝けと私は書く。

しかし現実は。例えば呼吸器装着患者がいる。一日最大二時間の訪問看護時を除いて、患者のもとを離れられず疲れはて、のたうちまわる家族がいる。のどにつまる痰をとる行為つまり吸引行為は平均三〇分間隔であり、痰をとらなければ死ぬほかない。はずれないようにしっかり呼吸器をひもでしばって大急ぎで買いものをすませる家族がいる。疲れはて朦朧（もうろう）として患者の呼吸器をはずしかけた家族がいる。患者の必死のコールに起きられない家族がいる。腱鞘（けんしょう）炎や腰痛を悪化させ病人が病人を介護している家族がいる。疲れはてた家族の介護に頼らざるを得ないこうした事態はもはや悲劇だ。

「人手さえあれば人間らしく生きられる」。特にALSの特徴とされているが、逆に人手がないことによる悲劇は枚挙（まいきょ）にいとまがない。これらをつくりだしている最大の要因が「吸引問題」にあることに驚きと怒りを禁じ得ない。訪問看護体制の充実をという意見はもっともだ。だが充実するまでの間（あいだ）をどうせよというのか。訪問看護師の数は全国で三万人、これに対してヘルパーは一七万八千人。この巨大な力に頼るほかないことは自明のはずなのにと思う。

日本ALS協会の調べでも四割近い患者がヘルパーさんに「吸引」をお願いしているという現実をふまえて整理してみる。現在、病院での長期療養は不可能であり在宅療養は必然である。だからそこから発生する必要事は本来国の責任で満たすべきものである。つまり需要にみあう訪問医療の実現は国の責任なのである。ヘルパーのやむをえざる医療行為はだから行政の不備をやむをえず補う行為なのである。ヘルパーステーションよ自信を、ヘルパーさん胸をはって、と言いたい。

法の矛盾、ゆがんだ解釈、体制の不備などが家族の生活を破壊し人権までをも脅（おびや）かしている。その疲れはてた家族に介護される患者。たくさんの美談はあるがそのことで見逃すことのできないことがある。もはやここには患者の人権も人間としての尊厳もない、あるはずもない。ところで憲法第九十八条は「この憲法は国の最高法規であって、その条規に反する法律、命令、…………は、その効力を有しない」としている。そして憲法は、第十一条「基本的人権の享有と性質」、第十三条「個人の尊重、生命・自由・幸福追求の権利の尊重」、第二十五条「生存権、国の生存権保障義務」、第九十七条「基本的人権の本質」と幾重にも人権を強調している。もう一度患者の目と心で考えてほしいと思う。すべての患者の命輝けと。

（週間ＡＬＳ104号2003・3・14）

†厚労省で会いましょう

四月一五日厚生労働省医政局設置「看護師等によるＡＬＳ患者の在宅療養支援に関する分科会」（実はこんなに長く変な名称なのです）第六回分科会が厚生労働省で開催された。傍聴三回め。いらいらつのる内容。とても「六回め」とは思えない状況にみえた。委員八人中五人は「ヘルパーの吸引を認めるために必要な条件」の議論に入ろうとしていた。看護職の二人の委員は看護体制の充実など「正論」を述べつつ反対の立場をくずしていない。もうひとりは私には不明。

これまで問題点とされてきた看護職委員の「吸引は難易度が高く危険。訪問看護師の拡充による解決を」の反論は、日本神経学会からの「適切な指導を受けておれば特例療養者を除き、特別の医学知識・技術がない非医療関係者でも安全にできる」「在宅療養者の看護に際し、適切な指導をうけたホームヘルパーは、担当する療養者に限り吸引できる」、そして私たちの在宅での吸引実践での事故がないことも報告された。「訪問看護師の拡充による解決を」についても、訪問看護力や今困っている患者家族への対応などの観点から解決ずみにみえた。

そもそもこの委員会の目的は、私達の要望である「ALS等の吸引を必要とする患者に医師の指導を受けたヘルパー等介護者が日常生活の場で吸引を行うことを認めてください」（二〇〇二年一一月一二日、大臣提出要望書）ということであったはず。このままでは「吸引を必要とする患者に、ヘルパー等介護者が、日常生活の場で、吸引を行う」ことが最終的なまとめに盛り込まれることは困難もしくはさらに多くの時間がかかるような感じを受けた。

ともあれ大詰めをむかえた現在、悔いを残さぬよう全力をつくす必要がある。支援費の運動の最大の教訓は、当事者先頭の壮大かつ連日の直接行動であったと思う。いま、運動ふうにいえば「全国動員」をかけて……という時期ではないか。呼吸器をつけた患者が会場をうめつくしきびしく見守ろう。各委員に私たちの実情と思いを伝えよう。そのための日本ALS協会本部の適切な財政出動も求めたい。「その日」は四月二二日（時間未定）、厚生労働省で会いましょう。

吸引問題を報道する新聞記事
2003年4月14日朝日新聞

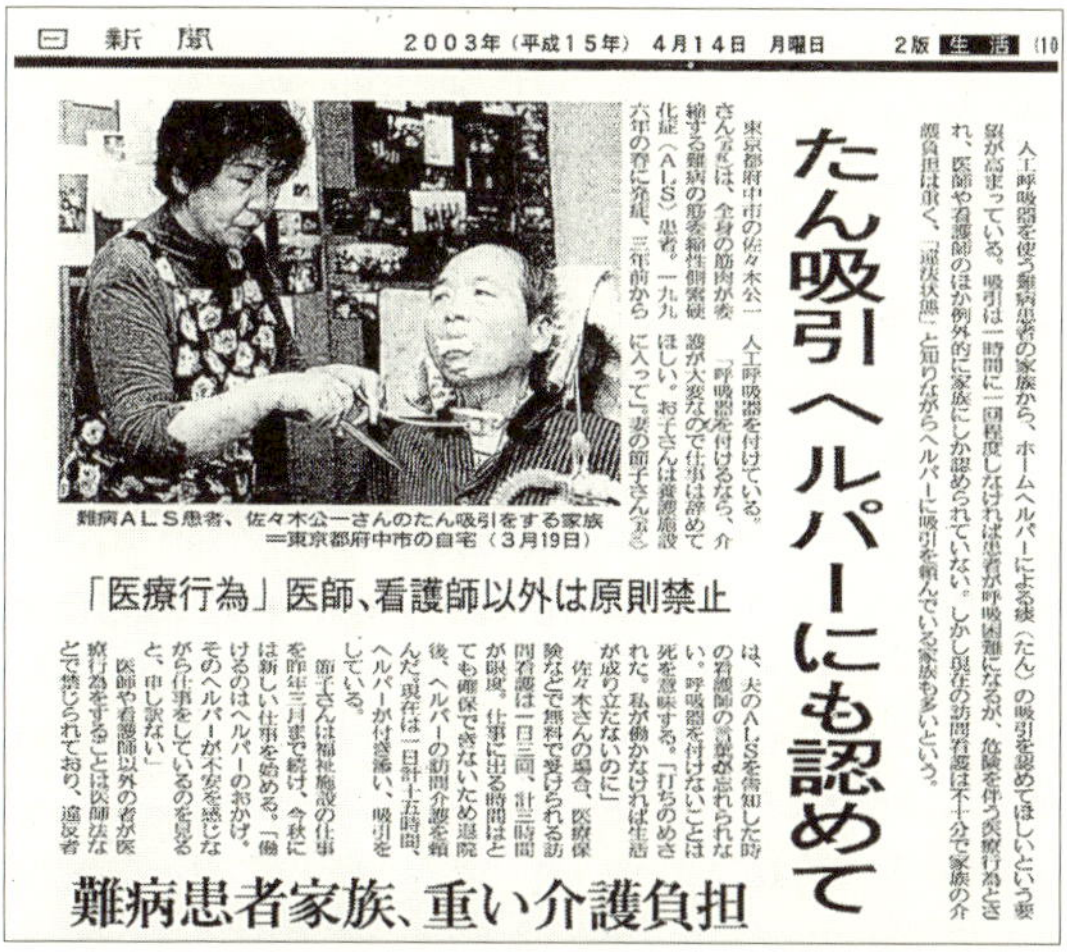
日新聞　2003年（平成15年）4月14日　月曜日　2版　生活　(10

たん吸引ヘルパーにも認めて

難病患者家族、重い介護負担

人工呼吸器を使う難病患者の家族から、ホームヘルパーによる痰（たん）の吸引を認めてほしいという要望が高まっている。吸引は一時間に一回程度しなければ患者が呼吸困難になるが、危険を伴う医療行為とされ、医師や看護師のほか例外的に家族にしか認められていない。しかし現在の訪問看護は不十分で家族の介護負担は重く、「違法状態」と知りながらヘルパーに吸引を頼んでいる家族も多いという。

東京都府中市の佐々木公一さん(59)は、全身の筋肉が萎縮する難病の筋萎縮性側索硬化症（ALS）患者。一九九六年の春に発症、三年前から人工呼吸器を付けている。

「呼吸器を付けるなら、介護が大変なので仕事は辞めてほしい。お子さんは養護施設に入って」。妻の節子さん(58)は、夫のALSを告知した時の看護師の言葉が忘れられない。呼吸器を付けないことは死を意味する。「打ちのめされた。私が働かなければ生活が成り立たないのに」

難病ALS患者、佐々木公一さんのたん吸引をする家族＝東京都府中市の自宅（3月19日）

「医療行為」医師、看護師以外は原則禁止

佐々木さんの場合、医療保険などで無料で受けられる訪問看護は一日三回、計三時間が限度。仕事に出る時間はとても確保できないため退院後、ヘルパーの訪問介護を頼んだ。現在は一日計十五時間、ヘルパーが付き添い、吸引をしている。

節子さんは福祉施設の仕事を昨年三月まで続け、今秋には新しい仕事を始める。「働けるのはヘルパーのおかげ。そのヘルパーが不安を感じながら仕事をしているのを見ると、申し訳ない」

医師や看護師以外の者が医療行為をすることは医師法などで禁じられており、違反者

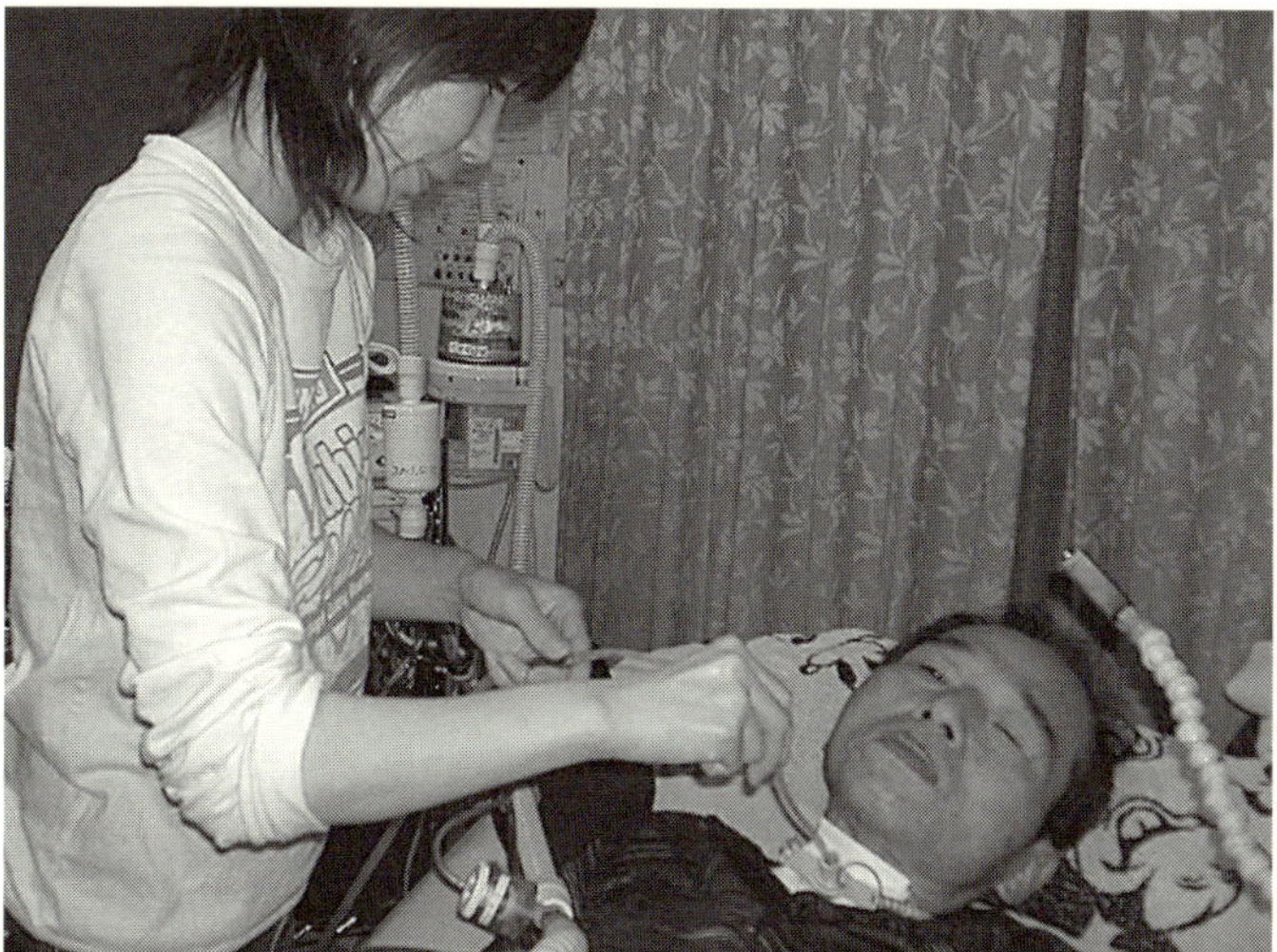
吸引するヘルパーさん

†「吸引」認める方向

「医療行為とされるたんの吸引について、厚生労働省の分科会は二二日、自宅で療養する筋萎縮（いしゅく）性側索硬化症（ＡＬＳ）の患者に限り、一定の条件でホームヘルパーらにも認める方向で……」と報道された。その条件として主治医か看護師から吸引方法の指導を受ける、患者自身が文書で同意する、主治医らとの緊急時の連絡・支援体制の確保―などがあげられている。人工呼吸器をつけて自宅で療養している患者は約一万人、うちＡＬＳ患者約一一〇〇人と推計されている。

残された問題点も多い。ＡＬＳ患者以外への適用、施設等の在宅以外での適用、吸引を介護報酬として扱うなどである。「十分な訪問看護体制が整うまでの措置」と位置づけられようとしていることもある。このことが通れば吸引等も含む介護が、本来は、訪問看護だけで行なわれるべきであるということになる。いずれにしても報道先行の感強く、厚生労働省の正式な決定がされるまで全力をあげなければならない。第八回分科会（五月一三日、一八時～）を厳しく見守ろう。

（週間ＡＬＳ１１３号２００３・５・１０）

†ヘルパーの吸引「可」をかちとって

第一は、かちとった成果を確認し、みんなのものとし、広く社会に認識させることである。条件付きながら「家族以外の者」に吸引を認めるとの分科会提言は、患者・家族が今後、介護者や関係者に吸引を依頼しやすくなり、介護者も堂々とできるということになり、介護態勢の改善につながるものである。ヘルパーさん胸を張って吸引をと呼びかけたい。

第二は、残された課題を確認し、直ちにその実現めざしてとりくみを開始することである。

提言がALSに限定され、ALS同様に吸引を必要とする他の患者を含まないこと、在宅に限定され、在宅同様の生活の場の延長にあるショートステイや療護施設等で吸引ができないこと、吸引行為を介護保険や支援費居宅介護サービスの業としないとの厚生労働省関係部署の見解は、患者にとって吸引を依頼できても、吸引をする介護事業所・介護人の確保に非常にマイナスであり、公的介護サービス制度が利用できなくなりかねないこと、「十分な訪問看護体制が整うまでの措置」とされていることなど。

第三は、このとりくみの中で生まれた教訓を整理し今後に生かすことである。

ひとつは、運動の力の確認である。一八万人近い署名運動の力、八回におよぶ分科会への傍聴参加、分科会事務局や委員への働きかけ、ALSだけでなく医療、福祉、他団体などへの幅広い理解の広がり、インターネットでのリアルタイムの全国的交流、マスコミの協力を得て一定程度社会問題化させたことなど。

もうひとつは、分科会の位置づけの問題である。第一回分科会で、「在宅ALS患者に対する痰の吸引行為についての患者・家族の負担の軽減を図るための方策について、『新たな看護のあり方に関する検討会』の下に分科会として位置付け、検討を行う」とされ、分科会の名称も「看護師等によるALS患者の在宅療養支援に関する分科会」という不可解なものとされた。私たちが署名に託した願いは「ALS等の吸引を必要とする患者に医師の指導を受けたヘルパー等介護者が日常生活の場で吸引を行うことを認めてください」であったのに、である。

三つめは、分科会の構成の問題である。とりわけ切実な問題を検討するにあたり、当事者（患者、患者団体）を含まない構成でよいのかということである。

残された課題や問題点の多さにもかかわらず、ヘルパーの吸引「可」との提言の輝きは変わらない。どう生かすか。こんどの運動の成果を足がかりとして活用しながら、残された課題の達成、そして「医療行為」をめぐる諸問題の根本的解決をめざし、運動の再構築をはかることこそいま大切なのだと思う。「人が単に自分の利益を主張したり、要求することが権利ではない。相手方が、その要求の社会的正当性を承認し、その要求に応じる義務を認めた場合にはじめて、その利益は権利となる」といわれる。こういう視点で、患者の生きる権利、家族の生活する権利をとらえなおしてみたい。いま「家族以外の者」の吸引が権利となろうとしている。

（週間ＡＬＳ１１４号２００３・５・１９）

患者の選挙権

†選挙権のこととお願い

ＡＬＳの患者が原告となり「自筆でなければ郵便投票の有効性を認めないのは、法のもとの平等をうたった憲法に違反する」と、国を相手に賠償と、国会が立法を怠ったことの違憲確認を求めた訴訟の判決が東京地裁であった。「外出できない原告らが選挙権を行使できる投票制度がなかったことは憲法違反と言わざるを得ない」。郵便投票制度に対する初の司法判断となった。

公職選挙法施行令は、不正投票を防ぐために郵便投票では自筆以外の投票は無効と定め、代理投票は投票所か病院などの施設以外では認められていない。判決は、原告らが投票所に行くことについて、外出すれば命の危険を伴うので、社会通念上、不可能だと指摘し、困難だが不可能ではないとの国側の主張を退けた。

ＡＬＳ発症八年、呼吸器をつけて四年めの私の場合、発症以前も発症以降も、幸いにも一度も棄権していない。呼吸器をつけてからのやり方は、選挙管理委員会の方が候補者名を次々に指で示して下さり、それに目で合図して代筆してもらい、確認して投票す

命がけの一票
筋肉萎縮ALS患者
呼吸器、車いす 必ず行く

ALS佐々木さん 一票に込める思い
難病患者 住み良い街を
心待ち
選択

難病ALS患者の佐々木公一さん
託す一票
郵便投票、代筆認めて
平和でなければ生きられない私たち

難病患者の選挙権問題を報ずる新聞。右から讀賣新聞、東京新聞、しんぶん赤旗

近くの投票所で。いつも車を出してくれる高橋さんのおかげで、棄権せずに投票しています

るというもの。けれどもそれはたまたま天候にめぐまれたからであり、大雨ならまずダメ、棄権せざるをえない。呼吸器をつけての移動はとても不可能だから。投票の意志がありながらベッドから離れられない人も少なくない。

生活上のハンディキャップをもった人間が社会の中でどのように処遇されているかが、その社会の成熟の度合いを示すといわれる。どんなに少数であれ、その人たちが選挙権という憲法に保障され、今回の判決でも明らかにされた権利から排除されるとしたら、それは明らかな差別であり人権侵害にほかならない。

ＡＬＳはその進行性のゆえに、機能の喪失の日々の確認の作業をともなう。そして本人はもちろんほかの誰にも病気の進行の速度と内容はわからない。それだけに不安は言葉にしきれない。だからこそ難病克服、障害者の住み良い街づくりの願いをこめた私の投票を続けたい。いっせい地方選挙にも間に合わせたい。それぞれの役所に「投票所に行けない重度の障害者への対策がどうなっているか」と聞いてほしい。巡回投票と郵便投票における代筆、電子投票を求めてほしい。

（週間ＡＬＳ１０１号２００３・２・２６）

†障害者の代筆投票実現

七月一八日の参議院本会議で「在宅で自書できない身障者と介護保険要介護度五の患

者は事前に届けた代理人による郵便投票を認める。一年以内に施行する」との公職選挙法改正案が可決された。投票したくても投票できない障害者に参政権の道が大きく開かれた。

今年春法案を準備していた民主党のヒアリングに呼ばれた。そこでこんなふうにお願いした。

「民主党のみなさんへ。本日は私たちのためにこういう場所を設定していただきましたことを心より感謝申し上げます。東京地裁の『外出できない原告らが選挙権を行使できる投票制度がなかったことは憲法違反と言わざるを得ない』を主旨とする判決を私たちは心より喜んでおります。けれども現実の実施にはまだいくつもの困難があるようです。引き続き私たちの切なる願いが早期に具体的に実現できますようご尽力下さいますようよろしくお願いします。

この選挙権問題、先輩の患者三人の原告を先頭に大きなたたかいのひろがりの中での成果ですが、実は誰よりも早くこの問題に先鞭（せんべん）をつけた人がいます。幻の原告といわれている島田祐子さん、本日同行されている川口さんのお母さんです。彼女はいま病気の進行の中まぶたさえ閉じたままベッドに横たわっておられます。このようにたくさんの人びとの命がけの願いである選挙権問題、一日も早い具体的解決を切に希望するものです。二〇〇三年七月二二日　佐々木公一」（障害者の代筆投票は二〇〇四年七月の参議員選挙から実現した）

（週間ＡＬＳ１１９号２００３・７・２２）

障害者支援制度の問題点

†緊急事態／障害者の命が危ない

四月から新しく始まる支援費制度を目前にして、厚労省が突然、地域での生活を支えるホームヘルプサービスに実質的な「上限」を設ける方針を打ち出してきた。

支援費の前身は全身性障害者介護人派遣事業。施設ではなくて地域で暮らしたい、家から独立して地域で生活していこうという運動が一九七〇年代の初頭に始まり、一九七二年、七三年と革新都政時代で実り、やがて国の制度となり、全国に波及した。支援費の財源は税金。介護保険は社会保険で行われる制度。社会福祉と社会保険の根本的な違いは、社会保険は、保険料を払う（使った分の何割かを自己負担）のに対して、社会福祉制度は総て税金で支払われ自己負担なし。国の財務局は、社会福祉制度を社会保険制度に移し（福祉から外す）、二〇歳以上の国民に保険料を払わせ、必要に応じて何割かの自己負担をさせ、財政が問題になれば保険料を上げる、というもの。

厚労省は実績にあわせて出してきた補助金の配分を変える考えだ。来年度からは全身に障害のある人で月一二〇時間程度、重い知的障害の人は五〇時間など、平均利用時間から割り出した障害別の基準にもとづいて人数分の補助金を支給することにしたいというのだ。

これまで厚労省は一貫して「サービス利用に上限は設けない」と障害者に説明してきた。県や市町村に対しても「上限を設けないように」と指導してきた。国は一〇年ほど前から費用の二分の一の補助金を出して、その育成をはかってきた。政府は昨年末、四月から一〇年間の障害者施策の方向を示す「新障害者基本計画」と、前期五年間の重点事項を定めた「新障害者プラン」を発表した。その中で、入所施設整備に偏っていた施策を転換し、地域での生活支援を重視する方針を打ち出した。支援費制度は、地域で暮らしたいと望む障害者を助ける大きな力になると期待が集まっていた。なかでもホームヘルプサービスは、地域生活を支える柱であった。なのにである。

例えば、東京府中市に住む私の場合、毎日八時間（月二四〇時間）この制度のお世話になっている。もし四時間になればたちまち生活は困難となる。東京都では全身に障害のある一〇七一人（二〇〇一年度）が、月に一人平均一六〇時間の訪問介護を受けており、費用の総額は約四八億円。国で検討中の配分基準を当てはめれば、一人あたり月に平均四〇時間分、合計で約七億円が不足することになる。

「全身性」のおいたちをみる。施設ではなくて地域で暮らしたい、家から独立して地域で生活していこうという運動が一九七〇年代の初頭に始まる。そして一九七二年、七三年と東京都にかけあってできたのが「脳性麻痺者等全身性障害者介護人派遣事業」であった。都の単独事業として始まり、地域で家族の力に頼らず一人で生きていく人が介護人を使う、その人に対して自治体が金を支払うという制度であった。七四年から九八年まで二四年間、毎年毎年、要求の拡大運動をしてきた結果、東京都では一応の水準の生活が家族に重い負担をかけないでやっていけるようになった。

都福祉局では「市区町村も財政難で、独自の支出は難しい」「一律の基準は、制度の根幹を揺るがす」と反対している。

厚労省は来年度予算でホームヘルプの補助金額二七八億円を自治体に配分する。その額は、高速道路五キロ弱、東京の地下鉄一キロ足らずの建設費、自衛隊の戦闘機二機分に過ぎない。

（週間ＡＬＳ48号2003・1・27）

†制度はあってもヘルパーさんがいない

「全国に約三〇〇万人の障害者がいて、その一一％が視覚障害であること、その大多数が中途障害者であること、視覚障害のあらわれが人により千差万別であること、だから介護者は介護する相手のことをよく知る必要があること」。こんなことを昨年九月に

「わの会」が開いたガイドヘルパー講習会で学びました。ところが昨年四月スタートした支援費制度により支援費の認定を受けても、来てもらえるガイドヘルパーがいないというのです。

事態を憂慮した「わの会」が、府中市の視覚障害者への対策を問い合わせたところ、ガイドヘルパーが三人しかいない（市内の視覚障害者は四八〇人）ことがわかりました。ここからこの講座開設への動きがはじまりました。東京都や府中市と何回も話し合いや交渉を重ねてきた中で府中市がガイドヘルパーの講座開設を「わの会」に要請することになりました。

講座開設の準備のすべての期間、府中市障害者福祉課の全面的ご支援をいただきました。深く感謝申し上げます。実技講習のために車庫や車両を無償で積極的に提供していただいた京王バス、乗降訓練の場として駅ならびに車両を提供いただいた京王電鉄、店内およびエレベーター、エスカレーターの使用許可をいただいた百貨店フォーリス、年度末の多忙な中、快くお引き受けいただきました講師の皆様に、心より感謝申し上げます。

このとりくみの中で私たちは、たくさんの「やさしさの連鎖」を感じることができて幸せでした。参加されたみなさんが人間のいたみに対する協力者として「やさしさの連鎖」を広げて下さることを心より願っております。「わの会」はこれまでの自立支援の活動に加えて今年一月からデイサービス、三月からヘルパーステーションを、さらに四月から支援費居宅介護人派遣事業をはじめます。なお定員二〇人の本講座には五〇人をこえる申込がありました。できるだけ早い機会に次回の講座を開催する決意を申し上げ、ご挨拶とします。（二〇〇四年三月二〇日　NPO法人「わの会」理事長　佐々木公一）

（週間ALS136号2004・3・23）

†踏むな！　私の福祉を削るな！

「重度の障害者にも福祉サービスの利用に一割負担を求める『障害者自立支援法』が成立した今年は、障害者運動の歴史の中でとりわけ苦い年として刻まれることだろう。」『新潟日報』二〇〇五年一二月三〇日の社説はこのように書きはじめられ、このように結ばれている。

「自分が障害者にならないという保証は誰にもない。障害を負っても、自分らしい暮らしと人権が守られる安心な社会にしていくことが必要だ。福祉の後退が危惧（きぐ）される中、障害者運動の大切さがいまほど問われている時はない。」

その「障害者自立支援法」の不足額は二八〇億円といわれています。四月から介護保険が改悪されます。私たちのような最弱者の年間七〇〇億円を超える負担が増えます。何故こうなるか、介護保険発足当時に国庫負担率を従来の五〇％から二五％に引き下げたからです。そこでお金について考えてみます。

今、談合事件で問題になっている防衛施設庁の年間の予算は約五〇〇〇億円、うち二〇〇〇億円が建設、施設工事だからその約三割、六〇〇億円（「障害者自立支援法」の不足額の二年分）が不透明な使途になっています。しかも毎年です。なお在日米軍へは毎年約六〇〇〇億円、そのうち三〇〇〇億円弱は日本からの一方的プレゼント（思いやり予算）として一九七八年から続けられ、総額五兆円を超えます。これらすべて我らが税金です。

皆さんも御存じのように、九六年資本金六〇〇〇万円から時価総額八〇〇〇億円に膨れ上がり、いま一〇〇〇億円以下に転落のライブドアのマネーゲームもあれば、「障害者自立支援法」の不足額二八〇億円に命を脅かされる全国の障害者の現実もあります。これらをどう理解すればよいでしょうか。他方で米国産牛肉輸入問題で中川農水相が、外食産業から四〇〇万円、谷垣財務相四〇万円、武部幹事長六〇万円の献金を受け取っています。こんないい加減な人たちもいます。

踏まれたら「痛い。踏むな！」「私の福祉を削るな！」と皆でいいましょう。

「わの会」は、どんなに重い障害を抱えていても、その人らしい生き方を支援し、共に創りだすため引き続きがんばります。支えあう「わ」、共に作りあげる「わ」、みんなの想いをつなぐ「わ」をさらに広げるよう、「わの会」はがんばります。

私事ですが、病気をしている暇がない程忙しく動いた昨年。その事を年賀状に書いたら、数年前までは私の病気に同情してくれる便りばかりでしたが、今年は「ごくろうさま」という年賀状がとても多くなりました。全身介護を必要とする私ですが、今年も皆さんのお世話になって皆さんと一緒に頑張ります。新しい年引き続きどうぞよろしくお願いします。

（週間ＡＬＳ１８９号２００６・２・９）

尊厳死を語る前に解決すべきことがある

†尊厳死法案に反対する

インターネットをみて驚いた。尊厳死をみたら三万三件もあった。いま末期癌や治る見込みのない患者の延命治療の在り方を検討する「尊厳死とホスピスを推進する与党議員懇話会」（丹羽雄哉会長）が尊厳死の法案化も視野に入れた勉強会を開始したという。先日のＪＡＬＳＡ東京都支部の役員会で「こういう時必ず儲けるやつがいる。背景はどうなっているか」と質問があった。臓器移植法推進派と尊厳死協会などが国の医療福祉費削減の流れに乗って推進しているようだ。

先日の相模原の呼吸器はずし事件もありＡＬＳが注目されている。そこでＡＬＳ当事者（発症一〇年、呼吸器五年）として意見を書く。論点は「ＡＬＳ患者の呼吸器ははずせるか。そのために必要な条件はなにか」とされている。

ＡＬＳ（患者数約六四〇〇人、現在も原因不明、治療法なし、進行性という状況が続いている）は発症からくりかえし生き方と決意を問われ、求められる。

一、病気の受け入れ。二、進行する障害の確認と受け入れ。三、呼吸器をつけるか。

本人、家族の意志。四、同時に介護体制の整備。医療行為との関係も極めて困難である。ここには介護保険や支援費その他の制度の現状が色濃く反映する。そしてＡＬＳ患者のうち呼吸器をつけているものは約三割にすぎない。

このようにして呼吸器をつけて生きるＡＬＳ患者に呼吸器をはずす（自ら死を選ぶ）という選択肢は基本的にありえない。もしあるとしたら次の二つの場合に限られる。一、呼吸器をつける時の齟齬。納得しないままの気管切開と病気の受け入れ拒否。二、介護特に家族介護が限界を超えた時。

私は病気になる前と違うのは体だけでありたいと思っている。普通に生きているかと自問する。六〜七割はそう思う。

ではなぜ普通に生きられるのか。

一、福祉制度（介護保険と支援費五一四時間を柱とする）の活用。このことぬきにすべてがなりたたない。

二、医療、看護、介護体制のある程度の確立。

三、ボランティアなどの周辺の支援。

四、家族の同意と援助。

五、患者本人の意志。

では普通に生きられない理由はなにか。
一、それでも制度（介護保険と支援費）が不足すること。全国的には驚くべき格差が存在する。
二、訪問看護、ヘルパー体制などが患者の需要を満たしていないこと。
三、吸引などをふくむ医療環境の不十分さ。
四、ＡＬＳと言う病気の特性（治療法なし、進行性）。
五、患者の意志を継続することの困難さ。
尊厳死を語る前に解決すべきこと、なすべきことが山ほどある。命かくあるべしという政治を医療を心より望みたい。
（週間ＡＬＳ170号2005・3・21）

†尊厳死と老人福祉を考える

高齢者への対応は、社会発展の指標となる。「…略…ある社会は、老人をどう扱うかによって、その社会の原理と目的の―しばしば注意深く隠蔽（いんぺい）された―真実の姿を赤裸々（せきらら）に露呈するのだ。老人たちが提起する問題に対して未開人が採用する実際的解決方法は、きわめて多様である。老人たちはあるいは殺され、あるいは死ぬままに捨ておかれ、あるいは生きるのに最小限のものをあたえられ、あるいは快適な晩年を保証され、さらには尊敬と優遇の極致を受けることさえある。われわれは、いわゆる文明化した諸国民もまたこれらと同じ扱いを老人たちに適用することを見るであろう。ただ殺害だけは禁じられている、それが粉飾されたものでないかぎりは……」（ボーヴォアール『老い』より）。高齢者に対する扱いの歴史をみる。

〈殺老〉食料がとぼしかったころ、高齢者を殺していた時代。「長年月間に平時にありては共同食料の消費者たり、轉遷移住の邪魔者たり。戦時にありては功戦防守の足手まといたる老人、或いはこれを殺し、或いはこれを棄て、生存競争の障碍物を除去せんとし……」と、以前に読んだものにあった。

〈棄老〉しかし生産力が高まり、社会全体の経済が豊かになり、そのなかで食料も多少豊かになると〈棄老〉に変わってくる。つまり殺したり食べたりすることの残虐性に耐えられず、棄てるという形に変化する。

『楢山節考（ならやまぶしこう）』（深沢七郎著）にこんな一節がある。

「楢山（ならやま）祭りが三度くりゃよ　栗の種から花が咲く

もう誰か唄い出さないものかと思っていた村の盆踊り唄である。今年はなかなか唄い出されなかったのでおりんは気にしていたのであった。この歌は三年たてば三つ年をとるという意味で、村では七十になれば楢山まいりに行くので年寄りにはその年の近づくのを知らせる歌でもあった…。

言って来たとて戸でいれぬ　蟹（かに）は夜泣くとりじゃない

この歌は、村では昔は年寄りを裏山に捨てたものだった。或る時、老婆を捨てたところが言って帰って来てしまったのである。その家の者たちは『言ってきた、蟹のようだ』と騒いで戸をぴったりと締めて中へ入れないのである。家のなかでは小さい子が蟹が本当に言ってきたのだと想い込んでしまったのである。老婆は一晩中、戸の外で泣いていた。その泣き声を聞いて子供が『蟹が泣いている』と言ったのである。家の者が『蟹じゃないよ。蟹は泣いたりしないよ、とりが泣いているのだ』と子供などに話してもわけがわからないので、そういってごまかしてしまったのである。蟹の歌はそれを唄ったのである。」

〈隠居〉その後食料がだんだん豊かになってくる中で、老人を棄てるというよりは、むしろ老人自ら〈隠居〉をするという習俗がうまれてくる。そしてこの隠居という習俗は、現在の定年制までひきつがれている。尊厳死法案は、老人そして障害者をどこへ連れ戻そうというのか。

（週間ＡＬＳ171号2005・4・21）

生きてよかった物語―わの会・希望の会

✝支えあう「わ」、共に作りあげる「わ」、みんなの想いをつなぐ「わ」

支えあう「わ」、共に作りあげる「わ」、みんなの想いをつなぐ「わ」という思いをこめた「わの会」、府中地域福祉を考える「わの会」は、地域の障害者の福祉の向上と自立支援をめざして結成され早や四年目を迎えました。以来「わの会」は、移送、自立のための諸活動、イブニングケア、外出活動、食事会、カウンセリング活動、そしてリサイクルショップのとりくみなどの活動を積極的にすすめてきました。

先日「わいわいクラブ」の編み物教室の手編み作業の中で、参加者が不自由な手に手の形の厚紙をもち「できた！」と歓喜の叫びをあげ、感動の輪が広がりました。また困難を仲間の援助の中自立へむけて一人暮らしをはじめたGさんや、リサイクルショップの責任者として、また「わの会」の中心メンバーとしてがんばるTさんたちの活躍などの中に「自立支援」の活動の可能性と展望が示されているように感じます。

「わの会」は、自立支援の活動をこの間の活動の経験を生かし広げていきます。さらに福祉団体としての存在をアピールしNPOをめざし、たとえばヘルパー派遣事業なども検討していきましょう。障害者になくてはならない移送サービスへの協力者をふやしながら改善をめざします。そして引き続き「わの会」は、仲間の要求を積極的につかみ、とりあげ活動をすすめていきます。

国の悪政ともあいまって、石原東京都政のあいつぐ福祉切り捨ての進行の中、東京都地域福祉財団からの補助金の削減をはじめ、移送などの事業への補助金確保の困難さなど課題も困難も多いのですが、「わの会」は会員みんなで要求や意見を出し合い、そして知恵も力も出し合いながら、三つの「わ」の内容を豊かに広げて、前進していきたいと思います。多忙な中でのご参加に感謝するとともに、十分なご審議をお願い申し上げて、ごあいさつとします。（二〇〇一年五月一八日　「わの会」代表　佐々木公一）

（週間ALS48号2001・5・21）

†障害者が運営する「わの会」

一一月から「わの会」の体制は、代表佐々木（筋萎縮性側索硬化症）、事務局長竹村（網膜色素変性症）で、障害をもつ役員が九人中五人である。「ところで文字盤というものでしか会話できない代表と、それをみることができない事務局長のコンビですから、みなさんの多大なご協力なしにはなにもできません。同時に障害をもつ当事者が運営にあたる意味も小さくないと考えています。改めて切によろしくお願いします。」こう議案に書いた。

「わの会」は、地域の障害者の福祉の向上と自立支援をめざして結成され、すでに五年になる。

松原湖畔で「発病以来初めての旅行です」とパーキンソン病とたたかいつづけるご主人のハモニカをふく姿をみつめるTさんの奥さん。「楽しかった。今度は元町や港の見える丘公園にも行きたい」と、横浜中華街での昼食会の帰り道、目を輝かせるIさん。「どうしても巨人戦をみたい」という願いを、みんなで知恵を出し合い、巨人軍や東京ドームへ要請するなどして、ついに車椅子での観戦を実現したSさん。「わの会」のカウンセリングの中で、視力障害を克服すべく、点字学習を通じて人生の再構築にのりだしたTさん。困難な中仲間の援助で自立へむけて一人暮らしをはじめたGさん。編み物教室の手編み作業の中で、不自由な手に手の形の厚紙をもち「できた！」と歓喜の叫びをあげたYさん。このように小さなしかし感動的なドラマをともにつくりだしあいながら、「わの会」は、その歩みをすすめている。

障害をもつ仲間たちが、いままでできなかった小さな一つのことができるようになる。次の段階でまた何かができるようになる。そんなふうな歩みをみんなで助け合いながら

「自立支援」の活動と位置付けとりくんでいる。自立とは努力の方向であり結果ではないと考え、一人ひとりのもっている残された可能性を、最大限どこまで生かせるかという自己実現の視点をもち続けたいと考えている。こういう中で仲間たちのがんばりに接する時、「障害は不便である。しかし不幸ではない」ヘレン・ケラーの有名なこの言葉がやさしく「がんばれ」と語りかけているように思えてくる。（二〇〇一年一一月一二日「わの会」代表　佐々木公一）

（週間ALS71号2001・11・12）

✝目標を語り合おう

「二八年間生きてきて一つだけいえることは『目標をもつ』ということです」、マリナーズのイチロー選手は、アメリカの子どもたちにこう言いました。「いまできること、がんばればできること、そういうことの積み重ねがないと大きな目標は近づいてこない」とも言っています。確かな目標をもち、がんばればできることへの日々の挑戦が、あの輝きをつくりだしているようです。

「目標を決め、それを実現するためにがんばること」は、私たちにとっても同じく大切です。もちろん誰でも何らかの目標をもち、その実現へ努力されていると思います。あとの自己紹介の時、ひとこと「今年の目標―がんばればできることへの挑戦」についてお話をお願いします。障害をもつ仲間たちが、いままでできなかった小さな一つのことができるようになる。次の段階でまた何かができるようになる。そして自分の意志で判断し、行動し、自分の可能性を開花させ、自分らしさを最大限に発揮できるようになる。そんなふうな歩みをみんなで助け合いながら「自立支援」の活動をすすめています。「わの会」はこんなふうにがんばっています。

例えば私についていえば、告知された後ぼうぜんとなりうろたえた、つまり目標を見失っていたのですが、その後、患者会や「わの会」の仕事にとりくみ、二年前からは『ＡＬＳ患者のひとりごと』という勝手な文章を週一回出すことを目標に決めなんとかがんばっています。左手中指しか動かないから（注：二〇〇二年当時のこと）とても時間はかかるのですが。本日はよい機会ですから、視覚障害をのりこえがんばる我らが竹村事務局長にも、これまでとこれからの目標についてお話してもらいましょう。

最後ですが「目的をもつ、学習する、人と交わる」という言葉があります。ぼけを防ぐ三ヵ条といわれていますが、私たちにもぴったりです。目的をもち、目標を決め、それを実現するために学習する。これらのことをできるだけ多くの仲間といっしょにやる、こんなふうに歩んでいきましょう。（二〇〇二年二月九日「わの会」代表　佐々木公一）

（週間ＡＬＳ76号2002・2・13）

†患者として言うべきことをもっと言おう

みなさん、ごくろうさまです。いつもそうなのですが、私たちの集まりは患者の何倍もの介護者やボランティアのみなさんの全身全霊をこめたご援助により支えられています。人間のいたみに対する協力者のみなさんに、心よりのお礼を申し上げます。

いま患者のみなさんは、たくさんの援助に支えられながらも様々な困難とたたかっています。先日事務局で新宿にお住まいの中村さんを訪問し、そこでの会話を別紙のようにまとめました。

本日はこれを手がかりにＡＬＳ患者のＱＯＬ（生活の質）についてお話し合いをお願いします。

なおこういうことがいわれています。ＡＬＳにおいて病気の進行が遅い患者の特徴は、①生き甲斐を持って社会活動をしている。②毎日、手足を動かす努力（リハビリ）をしている。パソコンを始めとして残存している手足の機能を最大限利用して活動している。③栄養に気を配り、食べる努力をしている。あるいは胃瘻により充分な栄養をとっている。④生きることの希望を持っている。ということです。お互いに参考にしましょう。

ところでみなさん、患者としていうべきことをもっと言おうと再び提案します。ＡＬ

S患者の日常は、たくさんの援助にもかかわらず、必ずしも満たされてはいません。そして文字盤では、思いのたけはつくせません。そこで私は、『介護通信』というものをつくり、ヘルパーさんたちへのお願いをしてきました。いまそれらを「介護マニュアル」にまとめているところです。必要不可欠な意志伝達をできるだけ正確に、そしてスムーズにと願うからです。

どうかみなさん、療養生活をいっそう意義あるものとするよう患者をはげまし、そしていっそうのお力添えを心よりお願い申し上げます。（二〇〇二年二月一七日「希望の会」代表　佐々木公一）

（週間ALS78号2002・2・27）

†出番をたくさんつくり、みんなで参加しよう

好評の中、続いている料理教室で中途障害の元中華料理店経営者のHさんの生き生きとした指導ぶりは、その過激発言に批判はあるものの、目を見張るものがあります。音楽の経験を生かしてコーラス部をつくり「歌声でみんなをはげましたい」との視覚障害のMさんの言葉には心うたれます。車椅子生活ながら新たに運営委員になり早速素晴らしい活動を始められているKさんには頭が下がる思いがします。今、視覚障害とたたかいながらがんばる竹村事務局長のまわりには多くのボランティアが集まります。ここで

事務局長を助ける様々な活動がすすめられています。

これらの中には多種多様な出番があり、それぞれが生き生きとこたえています。この間の「わの会」の様々な活動は、多くの仲間たちに出番があること、出番をつくることがどんなに大切であるかを示しています。先日のじゃがいも掘りとすもも狩りに参加した仲間たちの喜々とした姿も参加者に出番があったからです。もしすでに用意されたじゃがいもとすももが配られたとしたら、あれほどの感動はなかったでしょう。

出番に前向きにとりくむことの意味を考えます。出番に前向きにとりくむことは、第一に、その人の生き方を前向きにかえていきます。第二に、障害の克服や機能回復にも役立つと思われます。小学生の頃、胸をどきどきさせながら「はいっ、先生」と手を上げて何かを発表しようとした時のことを思い出してみましょう。心臓は激しく脈打ち、脳は日頃の何倍も働いていたのではないでしょうか。出番に立ち向かうことと共通するのではないでしょうか。

その上で大切なことは、それらの行動のひとつひとつを評価することです。その行動がどんな役割をはたしたか、どんなに役にたったかを、その本人にもわかるように、みんなで確認して、またつぎのとりくみにむかうことです。こういうことをくりかえしおこなうなかで、「わの会」への協力者をふやしていきましょう。

ところで「わの会」でなにかをやろうとする時、まずその計画などを知ることから、仲間の行動ははじまります。つまり知ることができなければいっさいがはじまらないのです。ここでたいせつなことは、逆に、知らせなければ仲間は一歩「わの会」から離れていくということです。この点についてはみんなで知恵を出し合い、改善していきましょう。

最後ですが、本日「わの会」は初めての総会をもちます。会の名称変更、規約改正なども運動方針とあわせて提案します。積極的なご意見を心よりお願いしてごあいさつとします。（二〇〇二年六月三〇日　「わの会」代表　佐々木公一）

（週間ALS86号2002・7・12）

✝出番に前向きに取り組む

昨年の新年会で「今年の目標―がんばればできることへの挑戦」を、参加者全員で語り合いました。みなさんの昨年の目標と一年間の様々な努力とその結果は、どうだったでしょうか。「体に障害はあっても心に障害はない」、昨年事故で亡くなった集いの家の諸星さんのこの場所での発言です。その志（こころざし）をうけつぎ明るく元気に新しい年にむかいましょう。

桃源郷への桃の花見、バザー、すもも狩り、秋の河口湖への紅葉狩り、浅草めぐり、八千穂村一泊旅行、絵手紙教室、いろいろな料理教室、各種食事会、コーラス、カラオケ教室、ピアカウンセリング、そして移送などたくさんの活動に昨年みんなで楽しくとりくんできました。そして「わの会」会員も大勢増やしました。行事に参加した感想とこれからこんなことがやりたい、と希望をだして下さい。みなさんのご協力、とりわけたくさんのボランティアのみなさんの骨身を惜しまぬご協力に心より感謝申し上げます。

昨年「お互いの病気や障害を知り合う」学習会を二回（ALSと視覚障害）開き、あわせて一〇〇人が参加しました。ALS患者の涙の訴え、視覚障害者の「視野は狭くなったが心の視野は広くなった」の発言が、会場を感動でつつみました。お互いの病気や障害を知り合うことで、生き方が前向きに変わるような感じがします。次は失語症をみんなで勉強します。

新しい年、「わの会」は、これまでの自立支援の活動をさらに積極的にすすめるとともに、NPO法人資格をとり、新しいかたちのデイサービスとヘルパー派遣という二つの新しい事業にとりくむ計画です。いま運営委員会で熱心な話し合いをすすめているところです。（中略）

みなさんの積極的なご協力をお願いするとともにみなさんのご健勝を祈念してごあい

障害を抱える仲間の自立をめざす「わの会」総会で（2002年6月）

山梨県桃源郷へ桃の花見に（2005年）

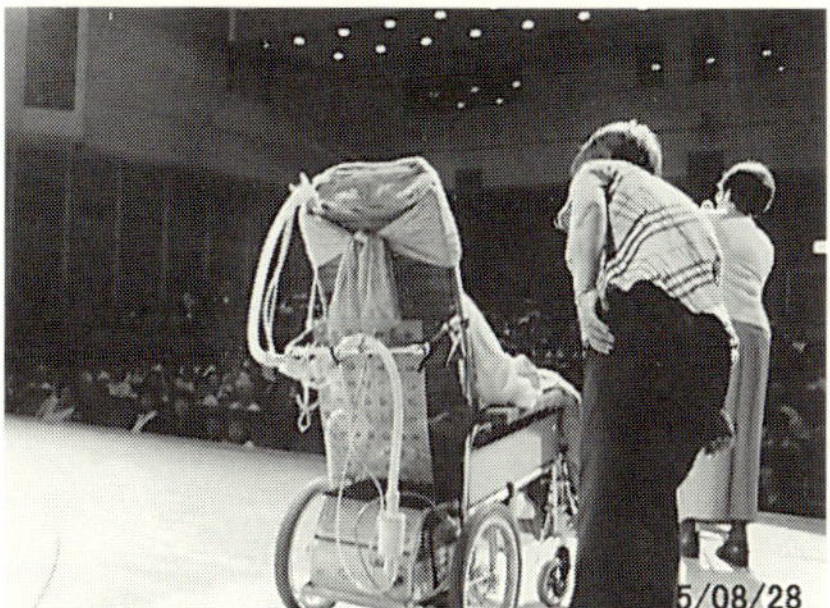

「わの会」理事長としてとりくんだコンサートであいさつ（2005年8月）

さつとします。（二〇〇三年一月一三日「わの会」代表　佐々木公一）

（週間ALS99号2003・2・6）

†朗報が相次ぎました

みなさんお変わりありませんか。この間私たちALS患者、家族にとって久しぶりに朗報が相次ぎました。

私たちALS患者、家族が、たくさんのみなさんの協力をいただき一八万の署名に託した「家族以外の者に吸引を」との願いは「看護師等によるALS患者の在宅療養支援に関する分科会」提言として実現しました。さらに、坂口厚労相は三日、ほかの疾患の患者にも認める考えを示しました。

ALSの患者が原告となり「郵便投票の有効性」を求めた訴訟の判決が東京地裁でありました。「外出できない原告らが選挙権を行使できる投票制度がなかったことは憲法違反と言わざるを得ない」と郵便投票制度に対する初の司法判断となりました。

「一人前になれた嬉しさを感じた。政治のしくみや権利・責任ということはよくわからなかったけれども、何しろ一票いれたら全部よくなるという嬉しさを感じた。母をリヤカーにのせて二キロ離れた小学校に出かけたが、新しいモンペに新しい手ぬぐいをよそいきのようにかぶっている人もあり、うきうきとした感じをうけた。」これは一九四六年、婦人参政権を得て初めて投票した婦人の感想です。こんな気分の広がりを感じながらの新しい出発です。

新薬をめぐっても大きな展開がありました。徳島大医学部はＡＬＳの進行を、ビタミンB12に似た物質・メチルコバラミンの大量投与で遅らせる可能性を発表しました。京大再生医科学研究所は、国内で初めてヒト胚性幹細胞（ＥＳ細胞）を作る事に成功したと発表しました。岡山大病院神経内科は、ＡＬＳ患者の脊髄（せきずい）に特殊なタンパク「神経栄養因子」を直接投与する臨床試験で、患者の症状の進行が遅くなる効果があることを発表しました。ＡＬＳの原因として、ダイニン遺伝子の異常が提唱されました。アメリカでは、ダイナクチン遺伝子の異常が原因との説も提唱されています。ＡＬＳなどの難病は、「ダイニン」と呼ばれる老廃物を運ぶたんぱく質の変異が原因の一つとみられることが分かったと通信総合研究所など日本、英国、ドイツの共同研究チームがマウスなどの実験で解明し、米科学誌サイエンスに発表しました。

最後ですが、ＡＬＳについての知識、ケアについての知識、先輩の経験を知ることが患者としてまず必要と思います。それから患者同士の交流、社会との接点を持ち続けること、そしていまできることから可能性を広げていきましょう。疑いもなくいまが一番

できる時だからです。（二〇〇三年六月八日　「希望の会」代表　佐々木公一）

（週間ＡＬＳ１１５号２００３・６・１０）

✝新しい事業に取り組む「わの会」

「わの会」の活動は、結成して八年、財団からの補助金をもらいはじめて七年をむかえています。そしていよいよ「わの会」は、デイサービスを開始しました。さらにヘルパー派遣にもとりくむ予定です

「りんりん」が新しくはじまったデイサービスの名前です。漢字で「輪凛」と書きます。「わの会」の原点である、支えあう「わ」、共に作りあげる「わ」、みんなの想いをつなぐ「わ」、を大切に、凛（りん）として生きようという意味です。

引き続き「わの会」は、これまでの自立支援の活動をさらに豊かに広げながら新しい事業デイサービスりんりんの活動を豊かに広げていきたいと思います。「安全」「安心」で「安楽」な時間と空間をみんなで造り出しながら前進しましょう。そして仲間たちの様々な要求の実現をめざして活動をすすめていきましょう。

みなさんのいっそうのご協力を心よりお願いしてごあいさつとします。（二〇〇四年一月　「わの会」代表　佐々木公一）

（週間ＡＬＳ１３０号２００４・１・１４）

✝介護者と患者が気持ちをひとつにして

まず悲しいお知らせです。私たちといっしょに希望の会をつくってきた藤本邦三さん（杉並区在住）が先月亡くなりました。「……そんな日々が続いたある日、ＪＡＬＳＡという患者の組織があることを知りました。そこで人口呼吸器をつけた患者さんが活躍している姿をみました。介護を受けながらも、人々のために全身全霊をささげて活動している、なんと超人的な人達だろうとその姿は神々しく感じられました。私はまだ不自由ながらも自分のことは何でもできるのに何と弱い人間なのか、なんとかしなければ、という気持ちが少しづつ湧いてきました……」。藤本さんはこのように仲間を励まし、患者訪問を積み重ね、とりあえずお互いの経験交流、情報交換からはじめようということで一九九七年希望の会をつくり、ついに一一月「希望一号」を発行しました。改めて藤本さんの功績を讃え、謹んでご冥福をお祈り申し上げます。

先日、キネステティックという介護法、特に移動を学びました。患者にも介護者にもやさしい画期的内容でした。患者に「気持良い」とか「残存能力を維持する」ことに、介助され動かされることにより気づかせ、自分で動こうとする気持（たとえそれが眼の動きだけでも）にさせ、体を動かすことに能動的に参加させようとするもの。そしてキネステティックは「フィードバック」を重視、介護者が入力し、患者からの出力を感じるわけですが、ＡＬＳの患者は出力が少ないが感覚はあるから、体の内部で出力をしているということになり、それを把握するには、援助者が「心の目でみて」心身で感じ取ることが必要というようなことです。私は、介護者と患者が気持ちをひとつにして、介護者の「よいしょ」という力を必要としない介護、という感じをもちました。

いま財源不足を理由に支援費をはじめ障害者福祉の大改悪がすすめられています。他方でイラク戦争への湯水のような出費が続いています。ドラエモン募金の宣伝によれば、三〇〇〇円でポリオ（小児マヒ）ワクチン一五人分が買えるそうです。税金の使いかたが狂っています。いろいろ大変ですが学びあい助け合ってがんばりましょう。（二〇〇四年三月　「希望の会」代表　佐々木公一）

（週間ＡＬＳ１３５号２００４・３・１３）

✝生きてよかった物語をつくりたい

この一年たくさんの皆様のお世話になりました。おかげさまで無事新たな一年をすごすことができました。施設改造にあたり資金提供そしてご寄付をお寄せ頂いた皆様、開設準備からその後の運営にあたられた皆様、ご協力いただきましたすべての皆様に心より感謝申し上げます。

「世間はいやなことばかりでしたが、私には素敵な年でした。……りんりんは私の安住の地です。みなさんの笑顔が待っています。良い年をとって何かに取り組み熱中したいと思います。すべてのものがしっかり頑張れと云って居るように聞こえます」。デイサービスりんりんの利用者大沢さんの再びはじまった物語です。

呼吸器をつけてとじこもるALS患者の心のひだを解きほぐし、連日笑顔を引き出している介護、生きる希望をつかみきれない患者といっしょにただただ泣いて、心に溶け込んだ介護、このようなヘルパーさんたちの汗と涙の物語に支えられ、ヘルパーステーションあいあいも、多くの障害者の生活を支え頑張ってきました。

「ネットワークわの会」の日帰り旅行は、「津波」を思わせる海への恐怖と感動の房総への旅となりました。ほかにもバーベキュー、ハイキングや各種講座など、「ネットワークわの会」もみなさんの声にもとづいて様々な活動にとりくみました。

このようにしてデイサービスりんりん（現在通所者三五名）とヘルパーステーションあいあい（現在利用者二一名、ヘルパーさん三八人）が順調に二年めを迎え、「わの会」の活動も九年めを迎えました。ほかに配食サービスもはじめました。今年六月からケアマネの事業も開始する予定です。そこでみんなで新年のお祝いをすることになりました。

人の数だけ物語があります。お互いの物語を語り合いながら、生きる希望と勇気を確認しましょう。気がついたら私が一番重い障害をかかえているようです。そんな私の決意を申し上げご挨拶とします。「立ち止まらないで、嘆かないで、前を向いて、生きるための物語を、生きてよかった物語をつくりたい」と思っています。

本日もたくさんのボランティアのみなさんに支えられています。心より感謝申し上げます。（二〇〇五年二月一三日　NPO法人「わの会」理事長　佐々木公一）

（週間ALS168号2005・2・16）

「わの会」ヘンパーステーションあいあいの研修会で
例会には欠かさず出席する（2005年9月）

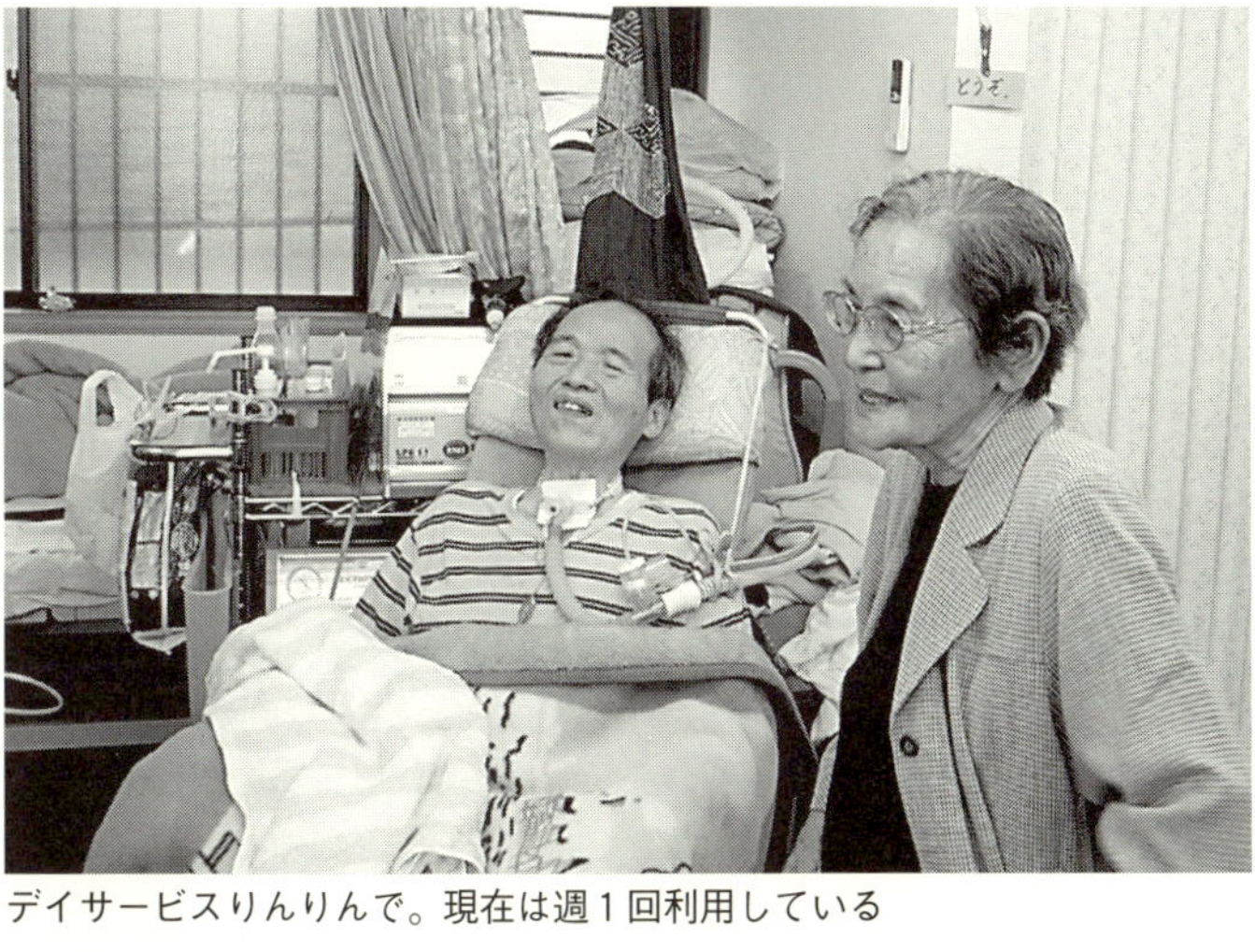

デイサービスりんりんで。現在は週1回利用している

第四部

介護とは何か——やさしさの連鎖を

共に創る介護

†介護とは

一、介護とはなにか

介護とは、相手の要望にやさしく応えそれを実現すること。介護とは、相手に対する集中力。介護とは、相手との対話。介護とは、相手とのふれあい、学びあい。介護とは、相手への思いやり。介護とは、相手の立場にたって考えること。介護とは、相手と同じ体験ができるように努力すること。介護とは、相手といっしょに介護の学習をして改善をめざすこと。介護とは、相手の利用できうる制度を研究し、利用の拡大をめざすこと。介護とは、相手をふくむすべての障害者の療養環境改善に努力すること。

二、私にとってよい介護とは

第一は、残された機能を発見し、それを認めて、生かしてくれる。例えば私の場合、ほんの少しの時間だが立っていられる（注：二〇〇四年現在）。この力は移動（ベッドから車椅子、車椅子からベッド、座り直し、トイレで座る、立つなど）に決定的に大切です。

第二は、ALSの特徴をつかみ手足を中心にできるだけ体を動かしてくれる。それは一センチでもよいのです。それでも気持ちがよくなるのは、多少とも静脈の流れを促すからでしょうか。

第三は、よく聞いてくれる。なにかをする時必ず聞いてくれる。この場合かならずしも言葉を必要としない。目と目、いわば心の会話がきっとできる。

第四は、いつでもみていてくれる。ほかのことをしていても、頻繁（ひんぱん）に振り向いてくれる。いわば心の目でみていてくれる。

第五は、コミュニケーションについて。文字盤の操作はもちろんだが、口の動きから言葉を読み取る、目線をみて読み取る、などが通じると楽でうれしい。

加えて私の場合、『介護通信』を必ず読むこと、週刊『ALS患者のひとりごと』を読んでほしいこと、がある。ふれあい、学びあいを求めていきたい。

†やさしさの連鎖

一、やさしさにはやさしさが対応する

一定以上の重い障害者は日常生活の一部またはすべてを人の介護、介助に頼らなければ生きていけない。その理由はどのようであれ、多くの人びとが障害者の生活にかかわるようになる。そしてそれぞれの道筋から人間のいたみに対する協力者となっていく。介護、介助の世界では強さや競争でなく「やさしさ」の価値観が優先する。やさしさにはやさしさが対応し、新たなやさしさ、より深い豊かなやさしさを広げていく。つまりやさしさの連鎖が生まれ広がる。

二、やさしさの連鎖のあふれる社会

やさしさの連鎖のあふれる社会、そして比べず、競わず、ありのままに認めあう心、そういう価値観の広がりを切に願う。助け合いや平等は、つまりやさしさの連鎖は、人間の本来の姿なのだと実感している。お年寄りにやさしい町は、住民みんなにやさしい町、障害者や子供たちが安心して暮らせる町は、住民みんなが安心して暮らせる町、車椅子の通れる道は、歩行者みんなが歩きやすい道であるはずだから。

†家族同様のつきあい

「ＡＬＳ患者はあった瞬間から家族同様のつきあいとなる」、ＪＡＬＳＡ松本会長の言葉である。第二回希望の会宿泊研修会の中でもさらに実感を深めながら、このことがとても大切なことだと思えてきた。そこでなぜそうなのかを考えてみた。

ここではすべての人間の関係がプラスの関係つまり広い意味で利益をもたらしあう関係であり、そこにはマイナスの要素が存在しないことに気がつく。専門職のあるいはボランティアの一人ひとりが、患者と会の目標にとりかけがえのない存在であり、そこには各種の競争「出世争いや生存競争」と無縁であることがよくわかる。「比べず、競わず、ありのまま」生きることが自然であり、患者にとりこんなに気の休まるところはない。

ところでこのような人間関係は、一般社会の中では基本的にありえない。それは自己の半生を単純にふりかえればわかる。生まれてから死ぬまで多種多様な競争が人の一生を完璧に支配しているのだから。ところが私たち患者会の関係は、その反対である。例えば私の経験の範囲でも、見ず知らずのALS患者遺族から高額の障害者用パソコンをもらい、今それは患者仲間をまわっている。車椅子をはじめ様々な福祉機器が仲間から仲間へ譲られている。また各人のボランティアはまるで患者全体のためのように機能する。これらのことは、低賃金重労働の見本のような福祉現場で働く人びとの根本的明るさとも無関係ではあるまい。患者会や障害者をとりまく社会、つまりは弱者の世界から学ぶものは多い。

（週間ALS31号2000・12・4）

†共に創る介護

「学習とは、人類の遺産を学びとることです。人類の理性のいとなみは、文化というかたち（看護、介護ももちろんその一部です）で社会的にたくわえられ、世代から世代へと、たえず新しいものをつけくわえながら伝えられていきます。人類の進歩はそれによって実現されていくのです。それらの文化の背後には、過去の人類が生きたぼうだいな時間があります。そのぼうだいな時間を、学習をつうじて私たちは自分のものとするのです」。ある哲学者はこう書いています。

私の『介護通信』も、わずか八年（呼吸器をつけて四年）とはいえ、八年間という時間の中での患者、家族だけでなく、医療、看護、介護にかかわっていただいたたくさんの人たちと様々にとりくんできた成功や失敗のまとめのようなものでもあります。さらに進行性難病であるALSは患者の体力の変化にともない看護、介護の方法も変わるからです。

†私は生きる

一、意志の力

進行性難病ALSにとって患者本人の意志の力がとても大切です。例えば私の場合、部屋の中では普通の車椅子は使わず、事務用椅子風車椅子を利用、腰を曲げてすわりパソコン、テレビや食卓にむかうことにしている。この椅子への移動を六〜七回くり返す。介護者には大きな負担をかけるけれども。もしこの移動をあきらめていたら早い時期に立つ力は失われていたと思っている。

もうひとつ『週刊ALS患者のひとりごと』というものに病気や世の中についての意見をまとめ、これまで約三年半一五二回発行してきました（メーリングリストもあわせると約四五〇人に、一方的にですが、送っています）。意志の継続、頭のリハビリに役に立っているように思います。

では患者が意志をもちその意志を実現するために必要なことは何か。

第一に、意志を表す方法の、つまりコミュニケーションの確立である。私の場合四つの方法を使っている。第二に、患者の意志や要求を実現できる介護体制、介護力をつくり確立することである。なお家族介護だけではこの実現は不可能である。

二、家族介護と患者の立場

家族介護の特徴を考えてみる。

第一は、家族はどんなことがあっても介護から逃れることができないということ。第二は、家族介護は基本的に二四時間いつでもどこでもであること。第三は、家族介護は家事、育児などをやりながらの介護となること。だから介護は二の次、三の次、忘れられることだってある。

などの理由から家族介護の問題点の解決は次の方向をめざしたい。

第一は、あらゆる可能性を結集しなおすこと。最新の福祉機器の活用をふくめて。第二は、介護体制の充実をはかりながら、できるだけ家族介護を減らす、または基本的になくしていくことです。その上で大切なことは、困難に出会った時、内向きにならないことです。同じ困難をたくましく乗り越えてきたたくさんの仲間や家族がいるからです。

夫であれ、妻であれ、親であれ、子であれ、その（相手の）人生をわがものにすることではお互いに幸福になれないと思う。どんなに素晴らしくみえる家族介護にもどこかに無理と矛盾があるものです。これらの無理と矛盾が重なって悲しい事件を生んできたしこれからも起こる可能性があります。契約関係にない介護者（逃れることが出来ない家族介護者）が真に生き生きしてこそ、患者の人権もまた豊かに守られるのだと思います。多くの仲間たちの現実に接してきた中での感想です。

✝妻とともに

先のテレビ(『きらっといきる』)の時NHKの担当者とこんなやりとりをしました。

Q 現在、節子さんの存在をどのように感じていらっしゃいますか?

A その存在ぬきには療養とりわけ自宅療養はありえない。欠かすことのできない存在。たのもしい仕事仲間。とても忙しいが生き生きしているのがうれしい。ただし忙しすぎて疲れてくるとヒトラーになる。そんな時はできるだけ避ける。

Q お電話で、節子さんとお話したときに、節子さんご自身はお仕事を続けたいという希望を強くもっていらっしゃって、公一さんがそれを許してくれたことは、自分にとってとても助かったとおっしゃっていました。

A 許すとかいう感覚はまったくなく、自然の流れといえた。ただ気管切開の時の三ヵ月あまりの苦しさにたえかねて「仕事を休め」といったことがある。

Q 発症当時、節子さんにずっと家にいて介護していてほしいというような希望は持っていらっしゃらなかったのですか?(ALSの患者さんに限らず、中途で重度の障害者になる方の中には、ご家族の付きっ切りの介護を強く希望される方も多くいると聞きます)。

A　前段の一瞬間以外思ったことがない。改めて考えると、夫であれ、妻であれ、親であれ、子であれ、その人生をわがものにすることではお互いに幸福になれないといえます。

Q　最後に佐々木さんの夢をお聞かせください。

A　「すべての障害や難病が克服されること。そして息子とキャッチボールをすること」を見果てぬ夢にしないよう努力していきたい。

立ち止まらないで、嘆かないで、前を向いて、生きるための物語を、生きてよかった物語をつくりたいと思う。

†看護学生・ヘルパーとの対話

・看護学生との対話1

佐々木です。本当に反省するということは、よかったこと、悪かったことをその原因を中心に整理し、よかったことを今後に役立て、悪かったことは、それを改善して、同じ失敗をくりかえさない保障をつくることです。そのようにもう一度整理してみて下さい。あわせて『介護通信』四一号を読んでどう思いますか。ともかく率直にみんなに相

佐々木さんのカンファレンスに参加した看護学生ボランティアと
若者ヘルパー（2004年）

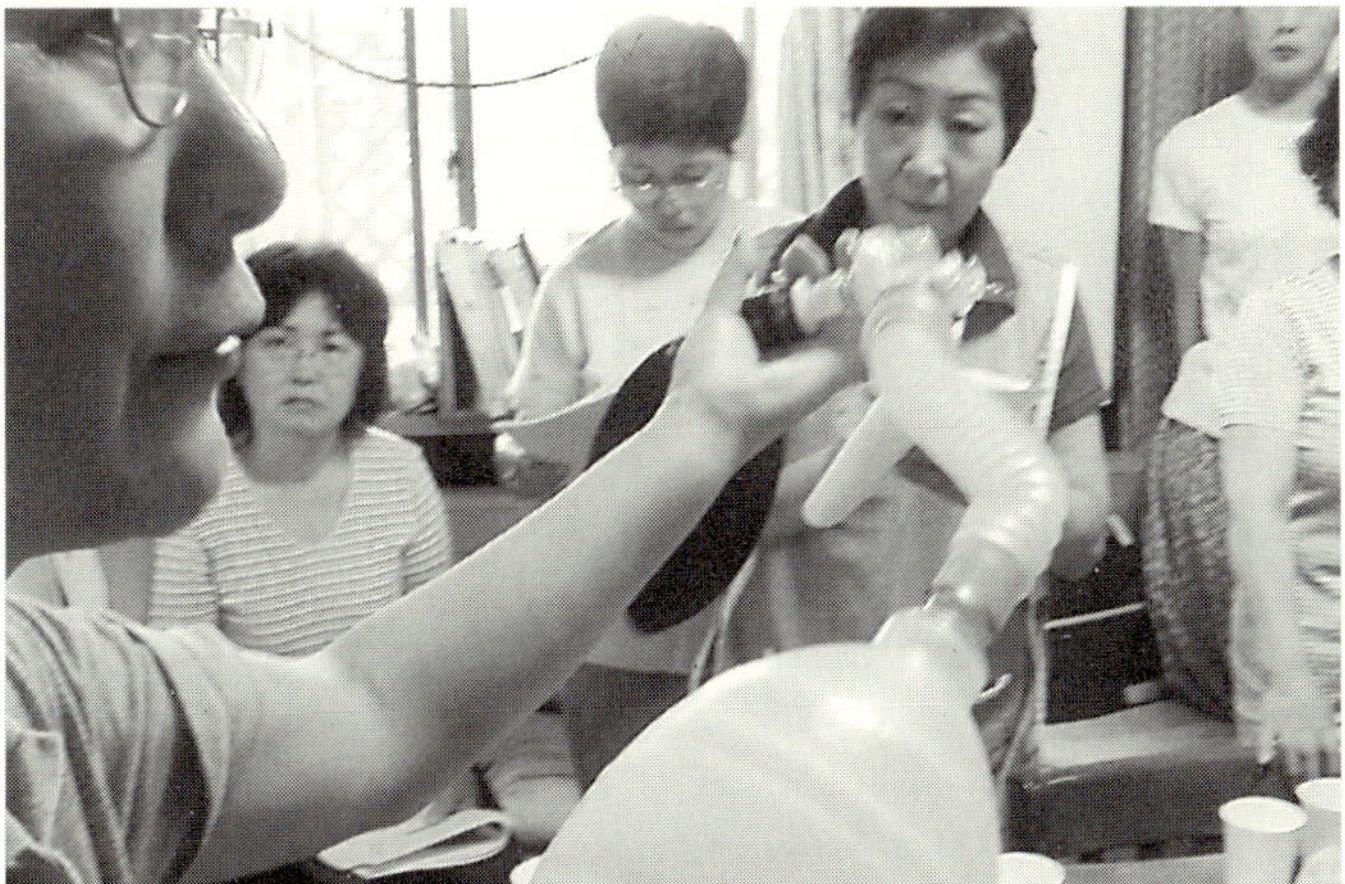

ヘルパー研修を行なっています（2005年８月）

談することが大切と思います。頑張って下さい。

お返事遅くなりまして、すみません。読んでみての感想は、最後の「進行性難病である〜」を私は忘れていたような気がします。頭で分かってはいても知識として知っているだけで、実際の介護にはそれらは生かされていませんでした。私の中では最初と同じで、表面的に行為は変わっているからそれをただ実行していたように感じます。年月が過ぎれば状態も変化していき、私自身も行為ひとつひとつに試行錯誤し、考えていく必要がありました。私は学習ができていなかったと思いました。ただ読むだけではなく、きちんと自分に吸収できるようにしていきたいと思います。みんなともっと話をして、向上していきたいと思います。たくさんご迷惑をおかけしました。これからもどうぞよろしくお願いします。（看護学生Tさん）

・看護学生との対話2

食事の特に手の動きがよくなってうれしくなりました。手の角度が自然になりゆとりが生まれました。食事については、（一）コップを正面から深く入れていること、（二）集中してよくみていること、（三）手にゆとりがあること、がうまくいっている場合の特

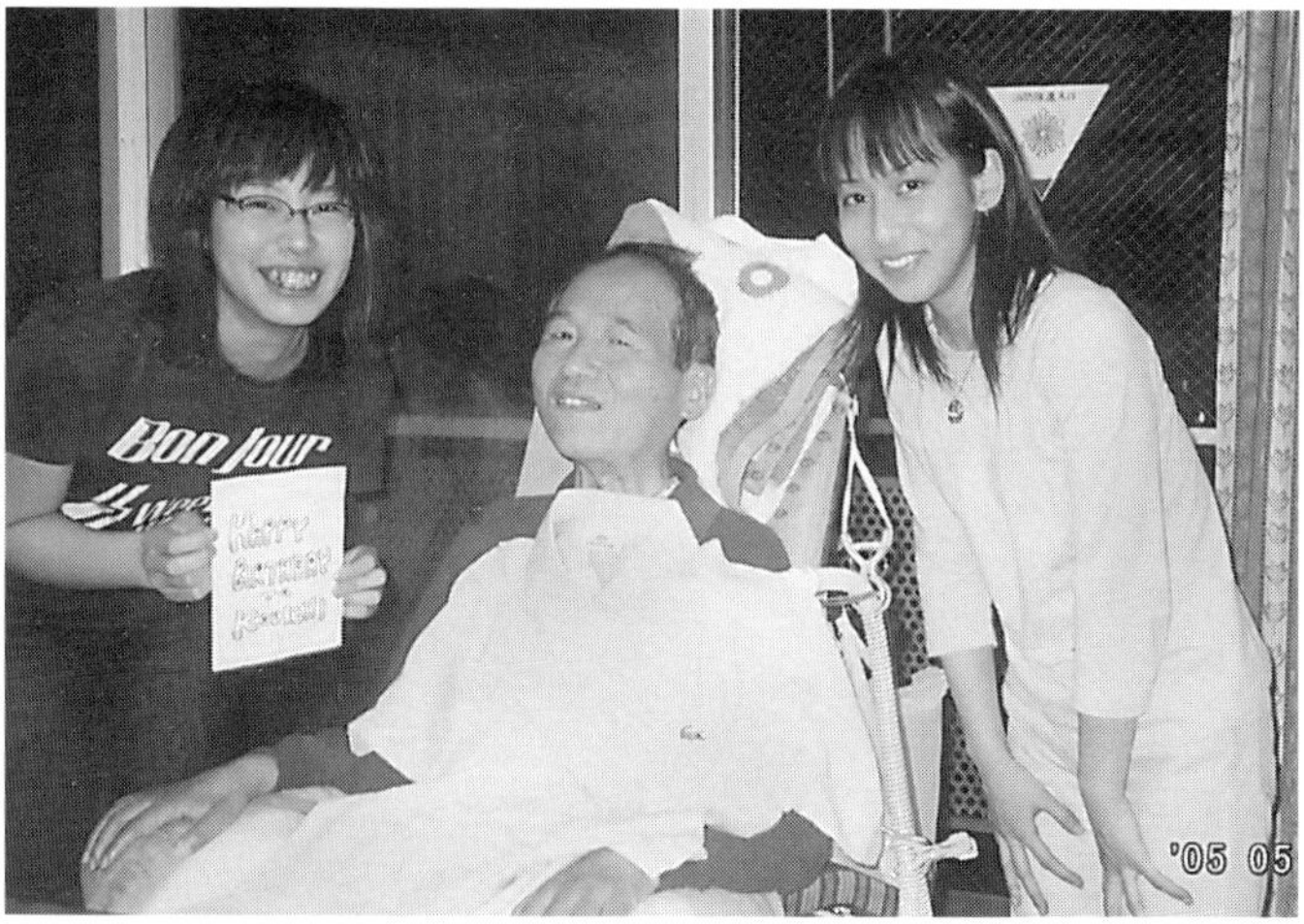

ボランティアさんやヘルパーさんが毎年誕生会を開いてくれます。
おしゃれなシャツをプレゼントされて（2005年５月）

看護学生さんたちとカラオケに出かけて（2005年12月）

微のようです。胸押しも体重のかけかたに変化を感じました（佐々木）。

メールありがとうございました。食事介助が上手くできなくなり、とても戸惑いました。が、佐々木さんのメール、言葉でとても安心しました。その時には「何がおかしいのか？」がわからず、「どうしてできなくなったのか？」が分からず、佐々木さんに負担にならないようにと思いながらも、上手くいかず焦っていました。今になってみると「なぜできなかったか？」比較できるように思います。佐々木さんのメールの通りだと思います。下唇にしっかりコップを押しつけること（こうすることで手元が安定して手に変な力がかからないように感じました）。

その時にコップがまっすぐになっているか確認すること（介助者の立つ位置もとても重要に感じました。佐々木さんがテレビが見づらくなく、ＯＫ頂ければ車椅子の高さを上げさせて頂けると、また手元が安定するような感じがしました）。佐々木さんの表情、言葉から食べるペース等をしっかり把握する等が以前と変わった点であることを感じました。今回のことを通じ、今までポイントを押さえ実施してきたつもりの食事介助は、何気なくできていたものだったのかなと感じました。食事介助のコツを自分の中で再確認できたととても貴重な体験でした。とても自信につながりました。ありがとうございま

した。（蒲生さん／看護学生）

・ヘルパー養成学校の学生との対話

私が気になるのは、昨年のあなたは輝いていたけど、今年のあなたは輝いていないということ。一、希望を強くもっているか。二、目的、目標をもっているか。三、やりたいことをやっているか。四、結果に責任をもっているか。人のせいにしていないか。五、そのことのために学習しているか。六、人と交わり、人の意見を聞いているか。七、必要とされているか、出番があるか。八、社会に役に立っているか、人びとに支持されているか。こんなことについて考えてみて下さい（佐々木）。

川添です。一、希望を強くもっているか。↓悩みばかりでどんな希望を持ってやっていけばいいのか見失っている。二、目的、目標をもっているか。↓今の所は介護の仕事を極めたいと思いつつある。三、やりたいことをやっているか。↓それは実際やりたいことは何かなんてわからない。ただ仕事をして生活が送れることに幸せを感じたい。

・男性ヘルパーとの対話

長い時間お疲れ様でした。いつも真剣な介護ありがとうございます。今日ひとつ気がついたことがあります。

文字盤で「みず」を読み取るのに長い時間がかかったことです。「まえにたおす」などが簡単に読み取れるのになぜ？　ということです。

原因を考えてみました。たぶんあせりが原因と思います。あせるとは、予想外の場面に出会い通常の思考を見失うこと。それを防ぐためには（文字盤の場合）、第一に、文字盤の使いかたを学習すること（介護通信に書いてあります）。第二に、なれることです。目的意識的に（佐々木）。

沓掛さんもおっしゃっていましたが、一度に複数のことを考えたりしているところがなりやすいです。あの場面で私は食後の歯磨きと、吸い飲みのタイミングと、薬と……と頭の中で思考が錯綜していたと思います。いわゆる「いっぱいいっぱい」の状態。現在ガイドヘルプに入っているI氏のときもこのような場面があり改善すべき私の課題（不必要な部分で考えすぎる）として感じている部分です。（男性ヘルパーSさん）

（二〇〇四年一〇月一〇日、三幸福祉カレッジ難病講座での講演「共に創る介護―生きるための物語を、生きてよかった物語を」をもとに加筆修正）

介護のプロ、患者のプロ

私からみてプロと呼びたい人が多くいます。どこがプロかといえば、例えば「わの会」の運転手のTさんの場合。一、前の日までに行き先の確認（いままでたぶん迷ったことは二〜三回しかない）、二、急カーブ、急ブレーキ、急発進をしない、三、必ず声かけする、四、車の清掃や車内全体への気配り、五、確実な知識（車、交通法規、地理、天候など）と経験を加えた応用と創造、というようなところでしょうか。これをヘルパー、訪問看護にあてはめるとどうなるでしょうか。ヘルパーの努力目標を明らかにできたらと思います。ぜひ書いて下さい。私も患者のプロをめざしてがんばります。この問いかけにこんな風に答えてくれました。

†訪問看護師さん

なかなか難しいですね。私は、プロと呼んでいただくにはまだまだです。ただ、常にプロ意識は持っていたいと思います。そしてプロになりたいと思っています。

私の場合、まず相手の事を解ろうと努力します。そして自分は看護師として何が出来るのかを考えます。できるだけ患者さんと一緒に考えます。そして同じ目標に向かって一緒に努力していきます。病状を悪化させない観察の目を持ち、知識を持ち（この辺が不足しがち!?）、技術を磨き、自分が関わった事で相手を心地よくさせられる、医師でも薬でもない、看護の力で患者さんの状態が良くなる、そんな看護を提供したいと思っています。人の命に関わる事なので、絶対にミスをしない。確認を怠らない。このようなことを、いつも思っています。（佐久間香子さん）

✝ヘルパーさん

介護の目標……。私がヘルパーになって、こうなりたい！ と思っていた姿は「かゆい所に手が届く存在」でありたいという目標がありました。その為には、相手の事を知る事。性格を含め、何を望んでいる状態なのかであったり、その人の事を理解する。同じ経験は出来ないけども、理解する事はできるのではないか……。だから、わからない所はとにかく聞く。今更という事も「?」と思ったら聞く。仕事するうえでは、その日、一日の流れの把握。今日は何がある日か。その為の時間の配分。あと、佐々木さんがパソコンする、しないは別として、なるべくその時間が多く取れるように組んでいく。おおざっぱ？ ですが、こんなところでしょうか……。では、また明日宜しくお願いしま

佐久間看護士と文字盤でコミュニケーション

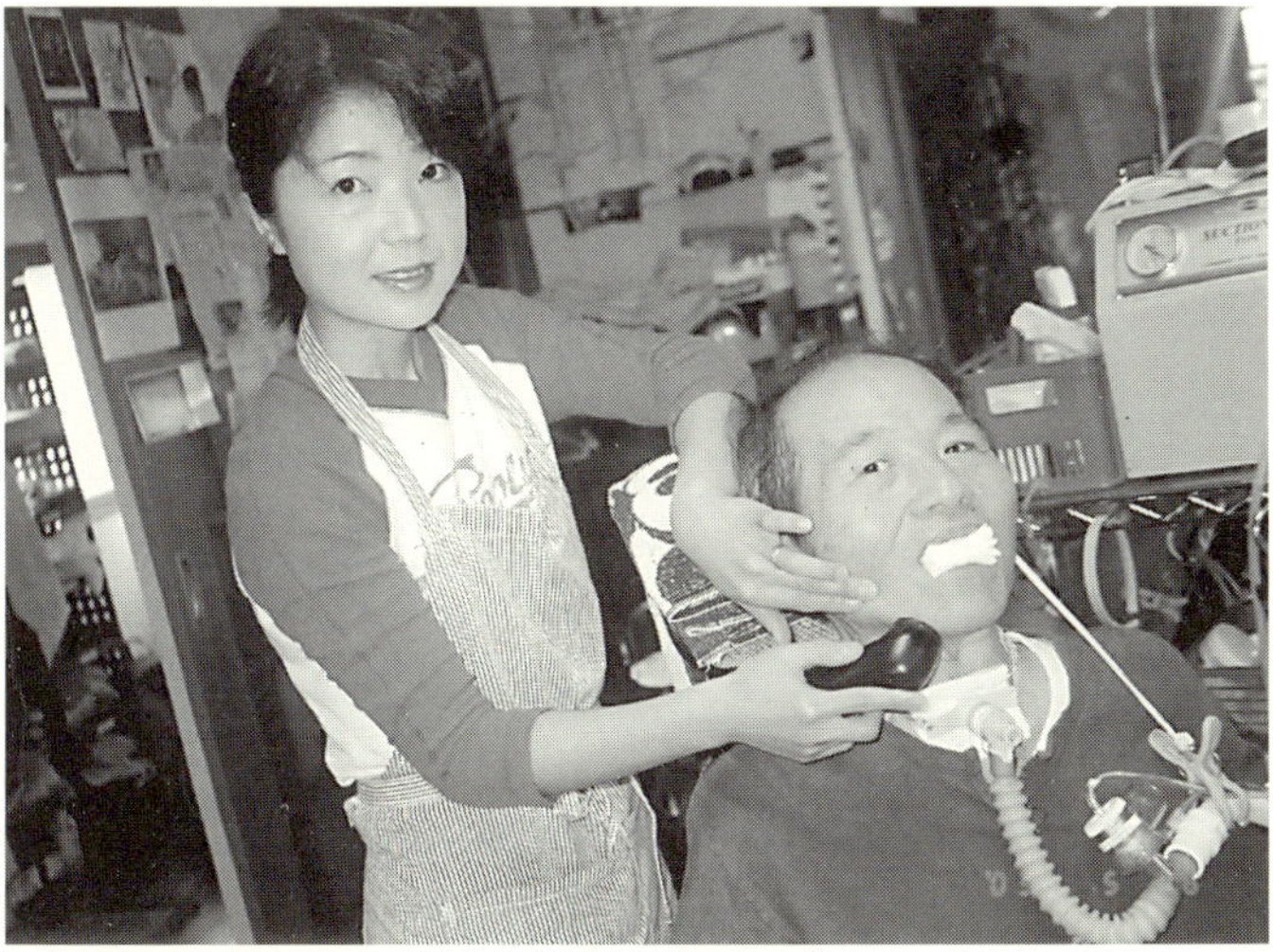

ヘルパーの柳沢さんにひげを剃ってもらう

す。（柳沢佳子さん）

✝ヘルパーさん

〈介護とは〉専門的知識及び技術を持ち、その人らしく生きていく力を維持出来るよう信頼関係を持ち、押し付けではなく、手を差し伸べて、共感的に理解し、支援すること。

〈私の目標〉一、病気の理解と患者の状態を知る（その日の表情、音のあるもの＝呼吸器、吸引、パソコン）。二、文字盤と読話でコミュニケーションをとる。三、時間帯のニーズに優先順位をつける（気づきの大切さ、手早く丁寧な介助に心がける）。四、利用者家族と、チームケアの共感的理解。五、つもり違いはしていないか（……のつもり）、常に自己覚知。以上です。ヘルパー業務も一〇年目に入りました、これからも宜しくお願いします。（沓掛良子さん）

✝ヘルパーさん

介護のプロ、大切なことですね！　私もプロになりたく、日々努力しています。そして、それを新たな介護員につなげ、多くのプロを育てなければと思います……が、プロとはとても難しいです。介護技術だけでも、人柄だけでも、調理・掃除がうまくても……。そして、佐々木さんの言う患者のプロ！　どちらかだけの視点ではだめで、両方の気持ちを大切にしたい。それが、とても難しいです。

私自身は、一緒に働く仲間からも、利用者さんからも、家族の方からも、他の事業所の方からも、多くを学ばせて頂いています。でも、これで完璧という到達点は無いと思っています。介護に携わっている以上、これで良いということは無いと思い働いています。だから、楽しいのかもしれません。（増山郁さん）

†対人援助職さん

私が考えるプロとは、自然体をコントロールできる人です。自分の考えを持っているが、誰に、どの場面で、どのくらい表現したらいいのかをきちんと見極めています。「職人」である自分と、「商人」としての自分の切り替えも大切であると考えています。理想に向かって極めて行く部分と、事業を継続させるための経営的手腕は必須と感じます。

色々な自分を演出していくために気をつけていることは、「K」の出し入れです。こんな話しをきいたことがあります。職人と商人をローマ字にすると、「K」があるのとないのに分かれます。「K」とは、感情と勘定「ふたつの、かんじょう」です。通常は自分を抑えること。時には感情をぶつけること。そして時には勘定を思い出すこと。このへんが自分自身の基本になっています。

違う表現で述べてみますと、「国語の勉強」と「算数の勉強」の両方が出来ること。理想は語れても、採算を考えることが出来ない人が多いからです。ほとんどが愚痴として埋もれていきます。

では、本題に入ります。看護のプロ、介護のプロを考えるときに、まず第一歩として情報収集が出来ること。その次に、収集した情報を「その方に合わせて調理できること」、時間がかかっても構いません(ここでは、①その方を意識していることと、②情報を自分の言葉に変えるという二種類のことをしています)。

ここが、職人として磨く部分です。光る人ほど、処理時間が短く済みます。

第三段階としては、新しい情報を創り出せること(顧客満足度、市場調査などから、求められるサービスを創設させる)。第四段階としては、創り出したサービスを維持できること。もしくは、現実的な提案まで持っていけること。ここが商人としての部分になります。

第四段階まで来た人をプロと呼びたいと思います。

みんなプロを目指して、もがいている状態が平和ではないでしょうか。いつまでも謙虚さと感謝の気持ちを忘れずに、楽しく仲間とともに働いていきたいものですね。

看護と介護の差は、看護は命を守るという視点から教育を受けていること、介護は、その人らしさ・要望を満たす視点から教育を受けていること、の違いを感じます（業務の違いは厚生労働省に準じます）。この違いを理解し、お互いの仕事を補い合える関係作りができるのも、プロへの登竜門です。

ちなみに私は、四月より所長という管理業務を体験できるようになりました。ですから、第三段階を体験できる身分となって新たにチャレンジしている段階です。このチャンスを仲間とともに体験して、ひとまわりもふたまわりも成長していきたいと考えています。プロへの道はとても険しく感じます。

長ながとなりましたが、この辺で私の回答とさせてください。また、ふとしたお話、楽しみにお待ちしています。（理学療法士Kさん）

✝ヘルパー研修会で

風呂場から九六才のBさんの歓声が聞こえる。五二才のKさんは一心不乱に編み物をしている。八〇才のSさん、七四才のMさん、八〇才のIさん、九二才のBさん、九二才のIさんたちは漢字のお勉強をしている。四文字熟語などむずかしい問題を次々に解いている。今日は「鴫、啄木鳥、信天翁」など鳥の名前にチャレンジしている。合間で広東に住んだことのあるMさんが、広東語を教えている。私はといえば、昼寝から覚めて、看護師さんにベッドでお茶を飲ませてもらっている。二〇〇五年五月二三日午後二時半、デイサービスりんりん（輪凛）の風景です。

呼吸器をつけてとじこもるＡＬＳ患者の心のひだを解きほぐし、連日笑顔を引き出している介護（殿岡さん）、生きる希望をつかみきれない患者といっしょにただただ泣いて、心に溶け込んだ介護（佐藤さん）、このような介護もありました。もちろん本日報告される事例もあわせて、その後のさらに豊かなたくさんの実践が刻まれています。ヘルパーステーションあいあい（愛会）のとりくみです。

「現在過去未来」という言葉があります。現在をしっかり踏まえ、過去を知り、未来への展望を切り開くことだ、と理解しています。介護の仕事にも同じことがいえます。相手の現在を知り、過去をたずね、ともに未来を語りましょう。そして生きるための物語、生きてよかった物語をともにつくりましょう。人の数だけ物語があります。それらをひきだすことが、生きる勇気をとりもどし、生きるための物語を生み出すと思います。

（以上、週間ＡＬＳ172〜175号2005・6〜7・1）

第五部

患者からの介護マニュアル

介護通信11号「気持ちよいこと、よくないこと」(2001・3・3)

〈洗顔の部〉

気持ち良い—蒸しタオルで温めながら、顔、頭、首、手などを拭く。その時軽いマッサージ、タオルの上からの爪たて効果あり。

良くない—歯磨きの時、すすぎにお湯を使う。冷たいと歯にしみて痛い。

〈食事の部〉

気持ち良い—食べ物が目線で示しやすいように置かれ、その量が多すぎないこと。飲み物の時コップを正面から。口に入ったら下唇を軽く押さえる。こぼれないように。

良くない—タオルやティッシュのぬれた面で顔などをふく。とても気持ち悪い。椅子の向きが介護者から遠い位置にあること。コップなど決して正面にはこないから。

〈移動の部〉

気持ち良い—患者を立たせる時、患者の力を活用して垂直に。そうすると比較的自由で動きやすい。

良くない—介護者の肩に顔が乗り体が斜めになると、目も見えず動けない。介護者もつらいはず。

２００６年3月1日　　　　　　　　　　　発行／佐々木公一

介護通信ーNO７０

みなさんありがとうございます。引き続きよろしくお願いします。

文字盤を楽しく１

口の文字盤〜あかさたな‥

もう夜勤に2ヶ月間入っていませんのでかなり記憶が曖昧なのですが、口の文字盤について考えてみました。

佐々木さんが口の文字盤を使われるのは、起きる,ひじ(脇),曲げ伸ばし(手や足の),そと(から吸引),眠剤など、長くても5文字以内くらいの単語です。よね!?(笑)　なので文字盤のような会話には適しませんが、単語一つで今のニードを伝えるのには抜群に適しているのだと思います。

これは私の場合ですが、佐々木さんが口の文字盤とおっしゃったら、瞬時に周囲を見渡したり時間を考慮したりして、これから出るであろう単語に当たりをつけています(^^;)

例えば20時過ぎにベッドにおられるときに口の文字盤とくれば、きっと'起きる'とおっしゃるだろうな〜という感じです。もちろん全く外れることもありますが、そんな当たりをつけて口の文字盤に望むとちょっと楽しいです(笑)

実際に行うにあたっては、あかさたな‥と言っていくこちらの息も長くは続きませんし、佐々木さんもきっとまばたきをその瞬間まで我慢されてドライアイになってしまいそうなのでハキハキと速めに唱えていきます(笑)　あとは一発で済むように佐々木の目から目を離さず、一気に集中することだと思います(^-^)（看護学生、荒巻さん）

やっぱ会話を楽しむ！

今日も一日ありがとうございましたm(__)m　さて…文字盤ですね(^3^)/　そうですねぇ…あたしは文字盤好きです！　だからやってて楽しいんですよね(^O^)　佐々木さんと会話してるなぁって感じれるんですよ！　気を付けてる事は自分が動くんじゃなくて文字盤を動かすこと！　楽しくやるコツは…。やっぱ会話を楽しむ！　佐々木さんは今どんなこと考えてんのかなぁみたいな感じた相手を知ろうとすると、楽しくやれるんじゃないかなぁ(^_^)/~　では明日もよろしくお願いします☆彡（ヘルパー、土田さん）

考え方や趣味に触れ話しができた時は楽しい

日常の動作の事でなく利用者さんの考え方や趣味に触れ話しができた時は楽しいです。先日から佐々木さんとメールをさせて頂きこんなにもまめに連絡を頂けるとは思っていませんでした。一文字出すのに２７回打つと聞いていたので一つの事をするのに大変な時間がかかるものと勘違いしていました。(^-^)/これから私も勉強して利用者さんに伝えて行きたいと思います。

口の文字盤は橋本操さんと接して初めて知りました。お互いが慣れていたせいか質問にすぐ答えられていたのが印象的でした。私はまだやったことがありません。これも勉強したいと思っています。宜しくお願いします。（ヘルパー、木村さん）

あとがき　『１に文字盤、２に吸引、３、４がなくて５に文字盤』、感想、質問、意見を

〈マッサージの部〉

気持ち良い―手足の関節の曲げのばし、足の裏や手のひらを強く押す、指をさかさに強くそらせる。ベッドで足をたて、かかとをお尻につける。ひざを曲げて胸におしつける。

〈意思伝達の部〉

良くない―横や斜め、無理な位置に文字盤をむけること、きわめて読みにくいし、疲れる。早分かりはあまり当たらない。あわてる必要はない。

〈日常生活の部〉

気持ち良い―口にするティッシュまたはガーゼの折りかたは、形にこだわらず唾液を吸収しやすいように。

良くない―椅子にすわったままテレビ、パソコン以外の方向に放置されること。なんにもできない。

介護通信12号「改善されたこと、改善したいこと」(2001・4・1)

〈改善されたこと〉

第四回ヘルパー会議以降、次の点が大きく改善されました。ありがとうございます。
1、「医療行為問題」について、ステーションの求める方向が示され、現場の不安が一定程度解消されたこと。
2、洗顔関係です。軽いマッサージも取り入れて快適です。
3、歯磨きのすすぎにお湯を使ってもらい、しみなくなりました。
しかしながらヘルパーの労働者としての権利未確立という問題にもからむのですが、「昼食時間」と「休憩時間」がまともにとれない現状を申し訳なく思っています。特にコマネズミのように息つぐ暇もなく働いておられる昼間のヘルパーさんに深く感謝しております。

〈改善したいこと〉

1、かゆみ対策―このままではいつも顔全体をふいてもらうので、顔が擦り切れそう。顔が痒いは、目の回り、鼻の回り、口の回り、その他、にわけてかく。頭が痒いは、頭の上の部分、後頭部、首のあたり、をわけてかく。以上を「イエス、ノー」で答えられるように聞いてほしい。
2、食事の時間―患者の顔を見守り続けるのは大変なので、膝をくっつけてもらえば食べたい時に合図します。至近距離で見続けられるのは困る。飲み物の場合グラスなどが口の真ん中にこないと飲みにくくこぼれる。良く見て確認してほしい。なお飲む量は患者にまかせてほしい。薬の後ウコンを小さじいっぱいミキにまぜて飲む。

3、夜間—当面、上着は全部ズボンにいれる。なおズボンとパンツが上がり過ぎないこと。腰の上当たりに。マッサージ機などはまずベッドの頭を上げてから。そうしないと二度手間になるから。横向きの時、肩、背中、腰の枕の具合とコールを必ず確認する。近い内ベッドでリーダブルを使い本を読むようにしたい。

4、パソコンのスイッチ—必ず横のはり紙をみてほしい。

介護通信19号「最近困ったこと」（2001・12・11）

1、コール

・手の位置がずれてコールにくっつき、鳴らせなかった。

・体位変換などの時、どけたコールの戻し忘れ。

・知らないうちに音量を下げられ、呼べど鳴らせど介護者は目をさまさず。音量3は絶対だめ。音量、回数とも無断でいじらないこと。コールが鳴らない、音が届かな

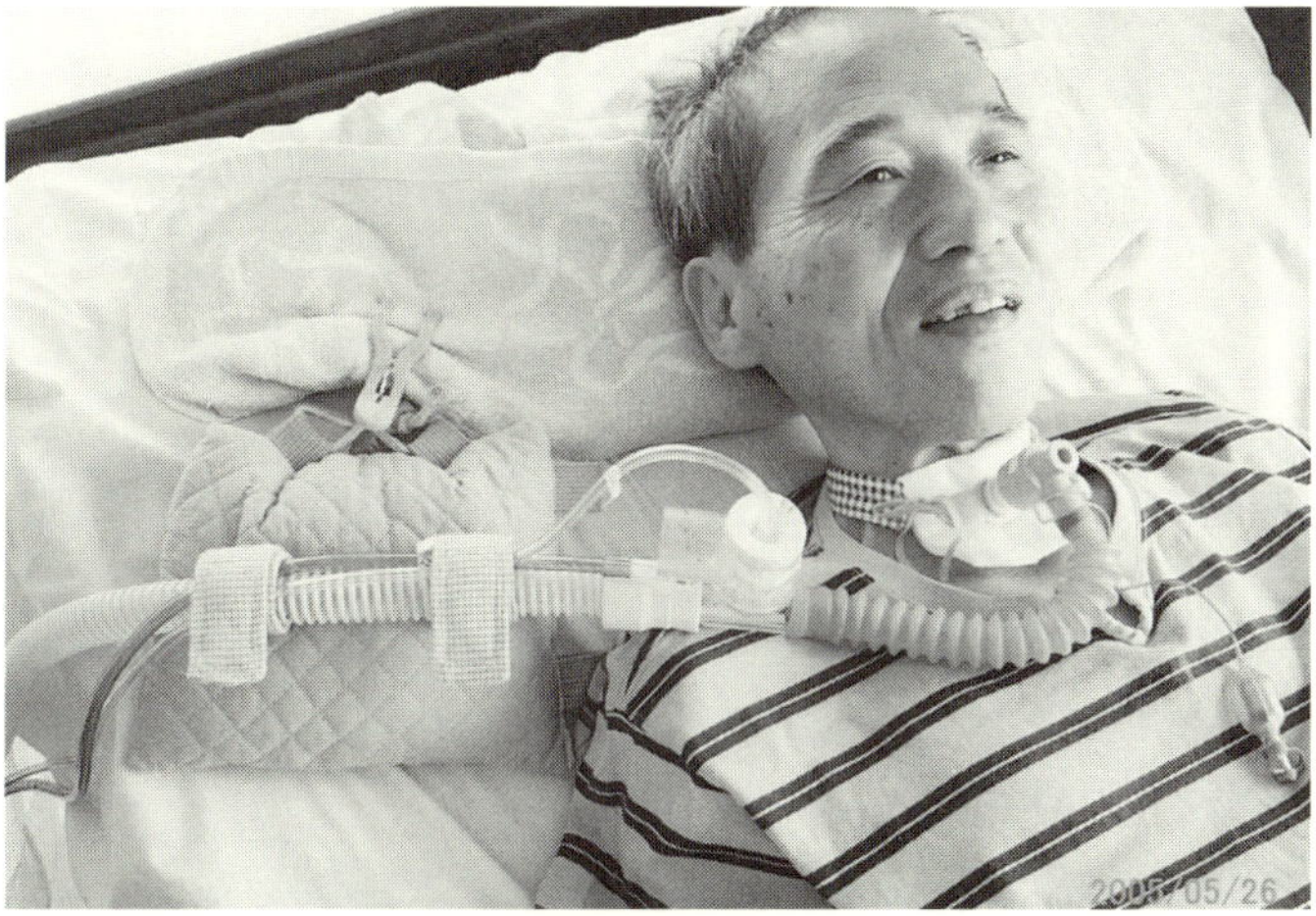

呼吸器を安定させるグッズ。看護士さんの手作りです

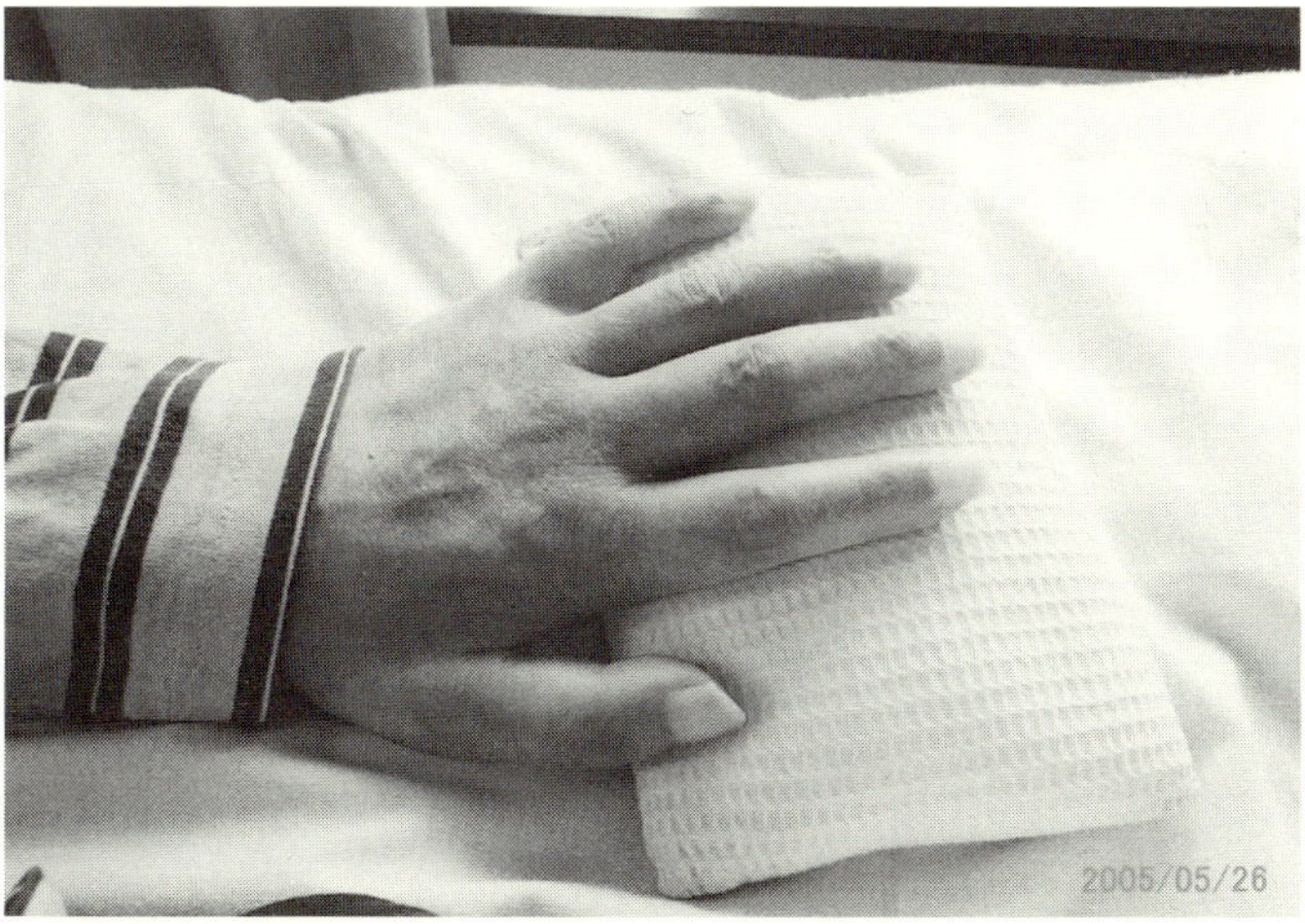

指の包縮を防ぐ手枕

いということは、外界との一切の連絡が絶たれるということを意味する。呼吸器をはじめ様々な事故にも対処できない。笑い話ではすまない。

2、文字盤

・あちこちしすぎて時間がかかりすぎ、文章が続かなくなる。初めのうちは、四文字まとめて指差す方法が望ましい。

・「ち」を「さ」と読み、「と」を「う」と読む。「せ」をなぜか「さ」と読む人もいる。話は途切れ、意味不明となる。

3、吸引

・吸引チューブが深すぎるとむせて苦しい。病院の看護婦さんはなぜかみんな深い。

・痰がとれず四、五回になることもあった。けっこう疲れる。全体的に引き上げる時、あと五秒かけてとり切ってほしい。

4、呼吸器装着時の吸引

・やたら時間がかかり、呼吸ができず、苦しい思いを何回もしている。

5、姿勢

・椅子に座る時、左右前後にずれると、やがて体が傾き、維持できなくなる。自分では一センチも動かせないから。

・ベッドや椅子の不自然な姿勢（体の傾き、ねじれ、足が落ちるなど）は地球の重力を不自然に受け、それを自分でなおせないため痛みが倍増する。

介護通信26号「改訂私の介護マニュアル1」（2003・1・6）

ＡＬＳの私の場合、コミュニケーションは次の三つの方法をとる。①文字盤の操作、②口の動きから言葉を読み取る、③目線をみて読み取る。そして新しく、④文字盤を使わない方法をはじめます。文字盤が使えない時（車の中や夜など）、短い言葉の時、有効です。頭の中に文字盤を浮かべて下さい。患者が「文字盤」といったら「あかさたなはまやらわ」とはじめて下さい。頭を振ったら文字盤を使います。長くなるとわけがわからなくなります。こんなふうです。

例えば「**といれ**」の時、介護者が「あかさたなはまやらわ」と言いながら読み取ります。

「あかさた」↓「たちつて**と**」、「あ」↓「あ**い**」、「あかさたなはまやら」↓「らりる**れ**」となる。いずれも最後の音で患者がまばたきする。

とりあえず簡単なものからはじめて、やりながら改善していきます。

一、**意思伝達**
1、はい、イエスは、まばたき一回
2、いいえ、ノーは、首をふる
3、まばたき二回で文字盤

二、**文字盤**
1、患者の正面約六〇センチの所に文字盤をかまえる。いすの時は動かし、ベッドの時は頭の向きを変え正面にする。斜めはだめ。
2、患者の視線と文字盤の角度をできるだけ九〇度に近づける。
3、患者が見ようとしている文字が正面にくるように文字盤を動かすのがコツ。体を動かす必要はない。目線を合わせること。
4、患者が裏面を読む。介護者は必ず声を出して確認する。なれるまでは、むだをなくすため四文字まとめて指差し、さがす。
5、特に最初の音の確認が大切。早合点はお互いの労力のむだになる。

三、**清潔の確保―消毒と手洗い**

吸引は絶対清潔が必要。手の消毒を必ずお願いします。介護開始前や食事など飲食の前にも。

四、コールは命の綱

1、ベッドに横になる時は、昼夜を問わずコールを置く。右手で押す。

2、最近コールに手がくっついて鳴らせず苦しんだことが何回かある。遠くてもだめ。ふとんなどで見えないので、常に確認してほしい。

3、実は、コールを押すにも今では結構体力を使う。だから勝手に音量と回数を変えないこと。夜勤の朝必ず音量を大きくすること。

介護通信27号「改訂私の介護マニュアル2」(2003・1・26)

五、吸引

1、セッシで吸引チューブを取り出し、吸引のホースにつなぐ。

2、吸引機のスイッチを入れ、吸引チューブの根元を親指で折り曲げて圧が25〜3

0ぐらいあることを確認する。

3、患者の呼吸器をはずす。

4、吸引をはじめる。約10~15センチくらい入れ、痰にあたったことを確認し吸引チューブを回しながら引き上げる。深さを患者に確認することが大切。最後に少し時間をかけて念入りにとりきる。

5、セッシの使い方。最後までセッシを使うやり方と途中から手に持ちかえるやり方がある。どちらでもよいが、セッシをもったまま、手で吸引するのは絶対にいけない。セッシの先端が何かに触れ、不潔になるから。

6、じゃばらを振って水滴をとる。青と白の管にも水滴がついてないか確認し、ついていれば、管をぬいて振り回してとる。

7、じゃばらの間にある容器の水を捨てる。

8、呼吸器をつけアラームを消す。まず呼吸器、かたづけは後でする。

9、最後に使い終わった吸引チューブを、消毒液につける。

六、ベッドでの吸引

1、呼吸器装着中の吸引は、その間呼吸ができなくなるから、速やかに行うことが基本です。だから吸引の時はテストバックは使わない。

2、じゃばらの上にふとんや毛布がかからないように気をつけて。

事前に呼吸器装着口の状態を確認し準備、吸引の準備、左手で吸引チューブをもち、右手で呼吸器をはずし、右手で吸引を行い、右手で呼吸器の仮装着をし、吸引の後始末をし、最後に呼吸器装着口の状態を確認し終了。手の左右は個々で違うかもしれない。

介護通信28号「改訂私の介護マニュアル3」（2003・1・29）

今月、三回移動の際に事故（床に転落）があった。原因は、足の力の低下により両足が開いたら力がはいらない（必ずそろえて。きき足が右なのでその位置に注意してほしい）。椅子の高さに注意。椅子からベッドまたはトイレの時または座り直しの時少し上げる。終わったら元にもどす（一番低くする）。ベッドまたはトイレから椅子の時必ず一番低くする。椅子からベッドの時ベッドを低めに。

七、移動—座り直し

・まず足の位置を確認する。これでよいか患者に聞く。

・患者の体を斜め前方にもちあげる。患者の立つ力を利用すること。
・すわる時、患者のひざを押してお尻を深くすわらせる。
・ひじかけの板と脇のささえを整え、体が傾かないようにする。
・移動および座り直しの時、のどの人工鼻に絶対に触れないように。

八、移動―椅子からベッド
・いすをつま先が床に届く程度の高さに。高さは元にもどす。
・両足が離れたら立てない。できるだけ近づけてそろえる。
・ベッドはいすよりも低くする。ベッドの頭部を少し上げる。
・お尻の位置がベッドの真ん中より少し上にくるようにする。
・頭を保護するため首に手を回し、右手で両足をもちあげ横にする。

九、移動―ベッドから椅子
・ベッドの高さをつま先が床につく程度に。ベッドの頭部を高く。
・患者の体をベッドの角度を利用してベッドの端に座らせる。
・椅子の前に立たせる。患者の足が必ず椅子の中心にくること。

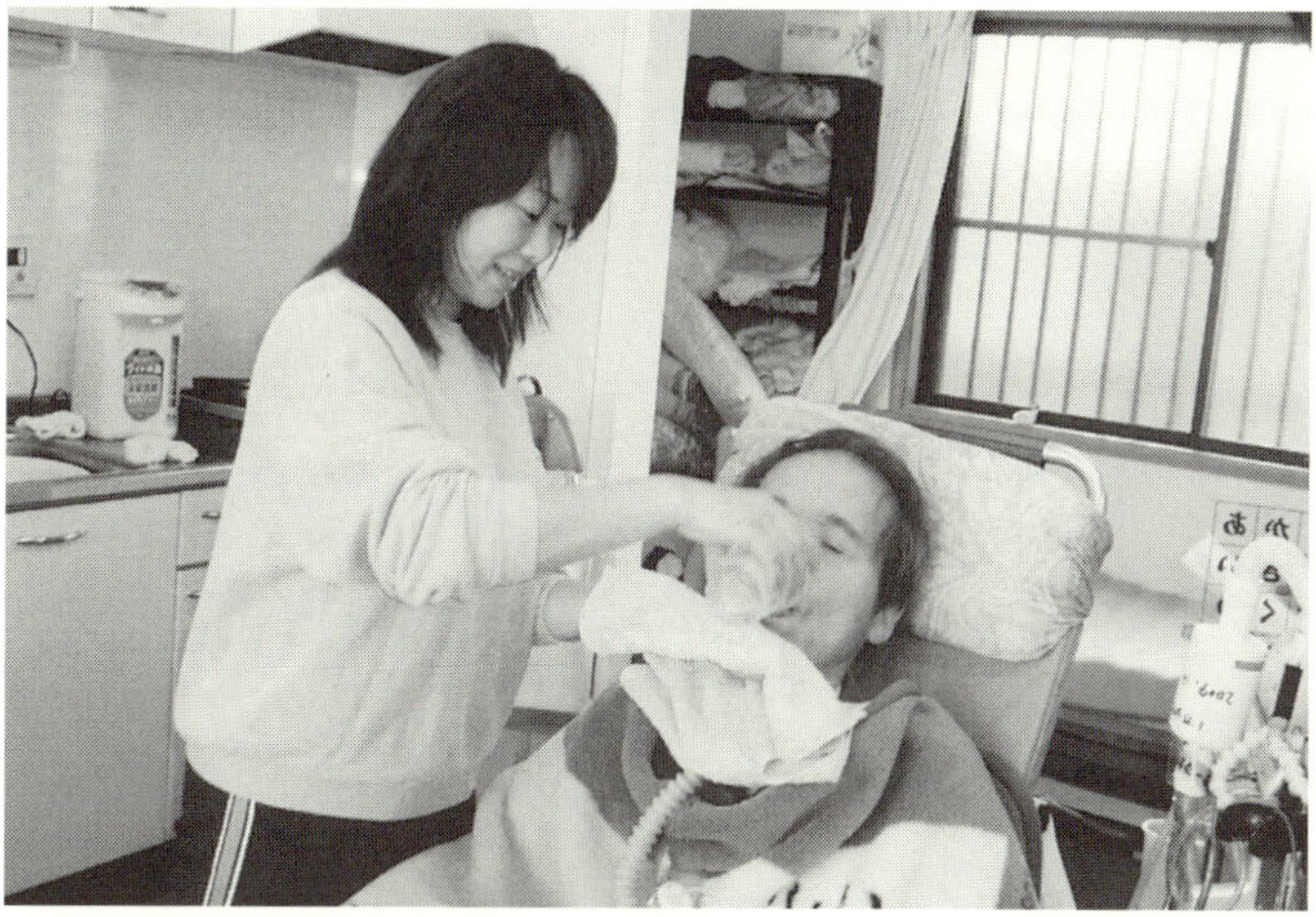

家族と同じものをミキサー食で食べます

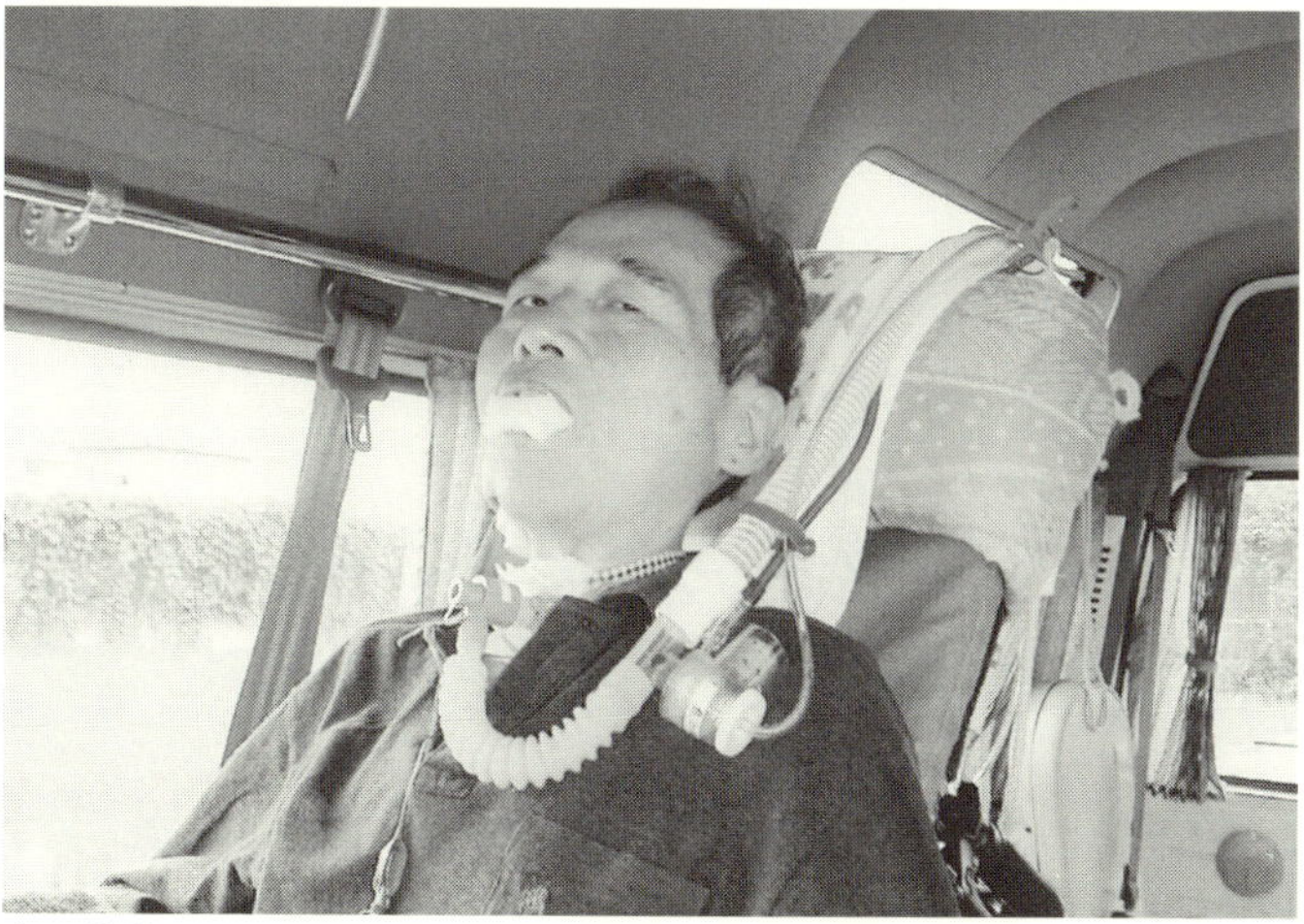

車で移動しているところ

十、**移動—体位変換**

・呼吸器をはずしてじゃばらの先端をよく振り水滴をとる。

・体を少し左に寄せる。コールをおく場所の確保のため。

・体を約九〇度傾けてから、患者の希望の角度に長い枕で固定する。

介護通信29号「改訂私の介護マニュアル4」（2003・1・31）

十一、**ネブライザー**

1、まず、蒸留水一つをじゃばら接続部をはずして入れる。

2、じゃばらが短いので使い易い位置へ動かし、コンセントを入れスイッチを入れる。

3、マジックで印のついている「5」にダイアルを合わせ、一五分タイマーをかける。終了後必要に応じて追加する。タイマーを逆に回すと止まりません。

4、気管切開部に蒸気の出る部分を置きゴムで固定する。

5、ネブライザー中にタッピングやスクウイージング（胸押し）等の排痰法を行うと効果的です。

・タッピングは肺胞にくっついている痰をはがす目的で行います。手をお椀のように丸くし肋骨の下あたりから気管に向けて軽く叩きます。

・スクウィージングは呼気と合わせて肺を圧迫することで痰を出しやすくします。両手で肺の下部～中部～上部というように呼吸と合わせて行います。呼吸は蒸気の具合で確認します。

呼気時に少し体重をかける程度で圧迫し、手を離す直前に強く圧迫します。これは吸気を促し蒸気がスムーズに肺に入っていくようにです。

随時、吸引を行います。

終了後はスイッチを切り、コンセントを抜きます。

質問意見を遠慮なくどうぞ。その質問、日常生活ではこんな時、困っております。イエス、ノーで答えられない質問。「具合はどうか」「どれがよいか」「どうするか」など。早分かり。ついうっかり反対の返事をする時がある。声が出ればその場で訂正できるが、いつも後の祭りとなる。当然やりなおしとなり、時間は二倍以上かかります。初対面の時に多いのだが「見えるのか」「聞こえるのか」「わかるのか」と聞かれることがある。こんな時にはこれらは病気になる前と変わらないこと、すべてわかることを強調してほしい。

介護通信30号「改訂私の介護マニュアル5」（2003・2・1）

十二、呼吸器のつけかた

1、ダイヤル設定の確認。赤いテープの印のところにダイヤルをセット。
2、加湿器の水を矢印のところまで入れる。なくならないよう注意。
3、加湿器の裏側にある電源を入れる。呼吸器のスイッチを入れる（スタンバイモードにする）。
4、じゃばらの水滴の有無などの確認。特に青と白の細い管が、呼気がある部分に正しく挿入されないと作動しない。さらに排液部に水がたまっていないか、じゃばらにねじれはないかなどを確認する。
5、カフエアは必ず一度全部抜いてから4cc入れる。5の時もある。
6、カニューレへのセットは吸気の時にそっとつける。
7、吸引の時、じゃばらの先端をよく振り、水滴をとってから装着する。水滴がのどに入ると異常に苦しい。

十三、呼吸器のはずしかた

1、サーチレーションを装着し、呼吸器を外すことを患者に確認する。
2、端座位になる直前に呼吸器を外し、テストバッグをつける。この時、エルボーを引っ張るようにするのではなく、カニューレは動かないように押さえながら、素早く呼吸器だけを外す。
3、椅子への移動が終了したら素早く呼吸器を装着する。サーチレーションの値をチェックしながら、しばらく様子を見る。
4、座位での呼吸器装着時は、回路が下へ引っ張られないように余裕をもってどこかに固定する。
5、しっかり自発呼吸できるようになったら、呼吸器をはずし、電源をスタンバイへ設定し、加湿器を切る。
6、外した呼吸器の接続部は清潔なガーゼで包んでまとめておく。
7、呼吸器を外した後は、しばらく側を離れないようにし、状態の変化に気をつける。

介護通信31号「改訂私の介護マニュアル6」(2003・2・4)

十四、夜間介護の目的

その目的の第一は、患者の安全の確保と維持です。まずコールを確認することと患者ならびに機械類の状況が見えるようにしておくこと。

第二は、患者の要求にそい、適切な処置をおこなうことです。当面のお願いは、コールの再確認。患者と機械類が見える状況の確保。処置が終わったらほかに用事はないか念入りに確認すること。最後ですが一〇時からの仕事の手順を書きます。到着後ひと休み後、介護記録をみて状態をつかむ、機械類のチェック（水の補給など）、ベッドを整える、足浴、薬服用、着替え、ベッドへ、ネブライザーをしながら足の曲げのばし、眠剤服用後就寝。一二時までは大変ですがよろしくお願いします。

十五、ベッドでのお願い

1、ベッドに入る時はあらかじめ左によせる。コールの場所確保のため。

2、左手の指は手まくらでのばす。冬期は手をあたためるため腹にのせる。右手はコールを押すためすべりやすくするため服のそでに注意。

3、ベッドに角度をつけて寝るためずり落ちて、寝苦しくなる。姿勢が自然なかたちになっているかどうかを確認してほしい。

4、コールをおす右手の力がおちているので特に気をつけてほしい。

十六、マッサージ機の利用

1、現在機械をあてる部位は、つま先、足の裏、アキレス腱、ひざの裏。痛くないようバスタオルをおき、回転数を一番遅くして下さい。

2、つま先、足の裏の時はひざを思いきって曲げる。

3、ざぶとんを折り曲げて膝の下に、二時までは止まったらつけて。

4、足、特につま先はふとんが重い。重くならないように。

十七、足浴機の利用

1、まず水を少し入れてから湯を入れて温度調節、熱め希望。

2、電源は窓よりのものを使う。入口からとると足にひっかけるから。

介護通信32号「よい介護と聞く回数は比例する」（2003・2・26）

この場合の「聞く」は、質問するではなく同意を得る、確認するぐらいの意味。本来は相手の立場に立って考えるということだが、主観的になりやすいしむずかしい。「聞く」ことが誰でもできる最良の方法である。体調だけでなく気分や感情もリアルタイムで確認することができる。なお患者の状態は日々変化するものだから、この作業は永遠に続くものと理解してほしい。

最近介護、看護にあたってもらいながら特に感じていることがあります。

何でも聞いてくれる人とはうちとける関係になるための時間が短いということ、つまり信頼関係に早く到達できるということです。その理由を考えてみました。

第一に「聞くということ」は、その場面が聞くことを必要としていることを理解していること。つまり冷静で客観的に状況を見ていることになります。

第二に「聞くということ」は、聞くことについての知識と経験を持っていなければできない。つまり日常不断にその解決をめざしていることが聞くことにつながっているはずです。

第三に「聞くということ」は、他人の目で自分の行動をみつめなおすことです。実際の行動をとおしてより客観的に自分をみつめなおすことです。

第四に「聞くということ」は、他人の生きた時間、その中で身につけた経験や知識を、実践しながらの会話の中でわがものとすることです。

第五に「聞くということ」は、対話への架け橋、相手との距離をなくし相手の能動性を引き出します。すべての人間関係はここからはじまります。

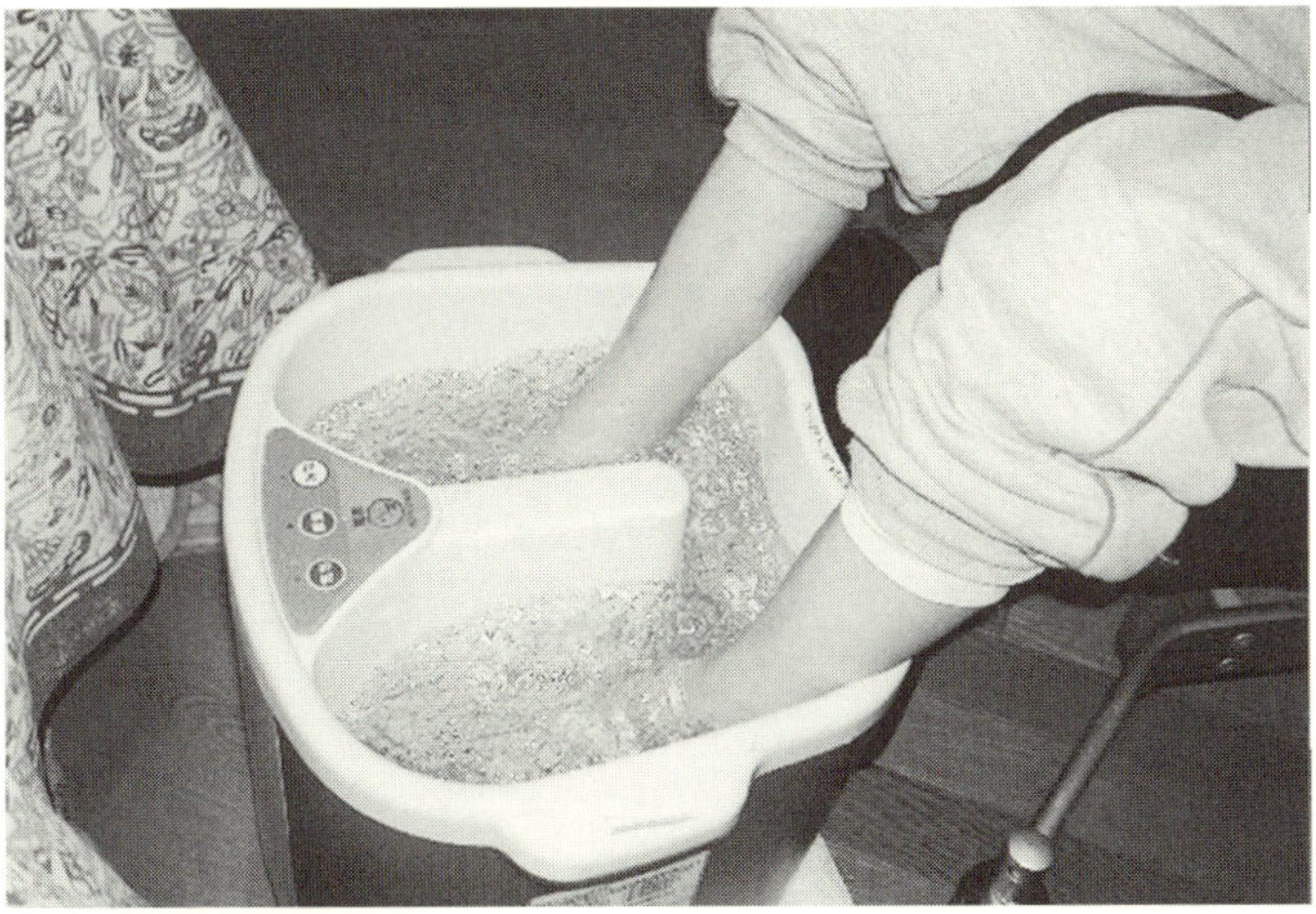

毎日３０分の足浴

自宅のベッドの上で入浴

改めて思います。「聞くということ」、何でも聞くことができるということは素晴らしい能力なのだと。そして介護は介護者と患者の共同作業であるから、特に大切なのだと。

聞いてほしいこと（食事の時）

・食器が口の真ん中にきているか（片寄ると必ずこぼれる）

・食器やスプーンの深さはどうか（食器は深めに、スプーンは全部入れる）

聞いてほしいこと（いすの時）

・いすの位置と向き（首の動く角度が狭いので正面以外は苦しい）

・いすの高さ（高いと揺れるし不安定。パソコンもやりにくい）

・まくらの高さ（低すぎると上を向いたままとなり、高すぎると首が前におちる。タオルで調整する）

・手の位置（スポンジ手置き台を有効に使う。丸型は手のひら、長方形はひじに。なお同じ位置でしびれるので時々動かせてほしい）

・脇の支えの状態（上半身を安定させるために極めて有効。位置は極めて微妙。念入りに確認してほしい）

聞いてほしいこと（こたつの時）

・温度（時々電源がはいっていないことがある）
・こたつへのはいり具合（できるだけ前へ。遠いと寒い）
・こたつの向き（普通こたつの時はテレビを見る。だから見やすいように）

介護通信67号「私の介護をする時1」（2006・2・17）

即答ではない何分の一秒の間

［質問］私の「お願い」に対して「即答ではない何分の一秒の間」があることを意識していますか。この間、頭に浮かべていることを教えて下さい。

相手の反応を読み取る観察の目

［答え］佐々木さんからお願いがあった場合。この間は、口元や動作に集中する。その動作から、何を伝えたいのか考える。思い浮かべているというか、そのような一連の動作を行います。もう一度よく考え直してみました。何を伝えたいのか考えている間に、佐々木さんの全身をみて、何か異常がないかもチェックしています。体が斜めになっている、頭が傾いている、呼吸器回路が引っ張られている、痰がゴロゴロいっているなど、異常があればそれを直して欲しいというお願いが多いからです。

佐々木さんの表情を見て、辛そうな顔をしていれば『何か具合の悪いところがある』、ニコニコしていれば『何か話をしたいことがある』など予想がつきます。それを考えると、相手の反応を読み取る観察の目が重要だということもわかります。(看護士佐久間さん)

基本的なお願い

一に文字盤、二に吸引、三、四がなくて五に文字盤、というふうにご理解お願いします。

介護作業をはじめるとき

1、全体の様子、雰囲気をつかみ、自分を落ち着かせる。

2、自分の立つ位置や姿勢を決める。部屋全体の様子がわかる、できるだけたくさん患者の様子が見えて作業がやりやすいことが必要。

3、できるだけ自然体でいるように努力すること。想定外の出来事にも対応できるように

文字盤を使う前に

1、お互いの姿勢、顔の向き、視線の確認。

2、文字盤全体を見渡すゆとり／何が書いてあるかを確認する、読みにくいものは直す。

介護通信68号「私の介護をする時2」（2006・2・24）

介護する側の気持ちの準備

私たちが行っている「佐々木公一さんの日常介護」をイメージして、改めて【介護の視点】を見つめなおしてみました。ひとつひとつの動作を各自がイメージする習慣を身につけて、多くの実践によって共に豊かな支援を目指したいと思います（何事も患者に聞くことは大事なことですが、それ以前に介護する側の気持ちの準備としてとらえてみました）。

ケアプランにそって個別援助計画として指導を受けていますから、「援助の項目」はマスターしていることにします。その中で病気の理解として、進行性であることは当然理解をしています。さらに全体のテーマとして「変化の必要性」が生じますが、今回は日常習慣の、朝、昼、夜の一日から一週間単位で振り返ってみます。

手順に優先順位をつける

「援助の項目」・モーニングケアの手順―必要な準備が済んで患者と同時にケアが進行すると、途中からの追加準備は「患者を待たせる」と言うこと（つまりロス）―それを解決するためには、「手順に優先順位をつけること」が大切だと思います。例えば、

1、朝食が済む前に↓服薬の用意ができている。
2、洗顔をする前に↓蒸しタオルの用意ができている。
3、髭そりをするまでに↓充電が済んでいる。
4、トイレに移動したら↓次の移乗のため、車椅子を下げておく。
5、ベッドに移動する前に↓ベッドメーキングが済んでいる。

その先の作業を読み取る習慣

上記の場合、私は優先順位を5↓2↓3↓1↓4としました。はじめの5のベッドは、トイレが終わって車椅子の座位が安定しないままでベッドへ移動することがありますので、ベッドメーキングをする余裕はないからです（佐々木さんの朝のパソコン中にベッ

ドの準備を済ませておくと良いのではないか、と思っています）。つまり、普段からひとつの作業を行うときは、その先の作業を読み取る習慣こそが、無理、無駄、むらがなく、時間に余裕が生まれると思うのです。

みなさんも日頃たくさんの工夫をしていると思いますが、自分が患者側に立って心を寄せてみると、さらに必要とされていることに気が付きます。私達の適切な援助の支援が患者のＱＯＬ（生活の質）向上につながると信じて、チームケアの一員として頑張りましょう。（ヘルパー、沓掛さん）

介護通信69号「私の介護をする時3」（2006・2・27）

間があると（介護通信67号感想）

お世話様です。今思えば私が勝手に理解しているつもりで全体を見ればもっと早くわかった事も多かったようです。間があると二、三の答えを予想しています。違う答えが帰ってくる場合もあります。先輩達の記録を読ませていただいてなるほどと思います。それが分かるようになるまで時間がかかりますね。

（ヘルパー、木村さん）

今何をしておくべきか（介護通信68号感想）

こんばんは。介護通信届きました。ありがとうございます。私も佐々木さんの介護をさせて頂くにあたり、常に今何をしておくべきかを考えて行動しています（しているつもりです）。食事の前に着替えを準備しておく、清拭がすぐできるよう蒸しタオルを準備しておくなどです。いつも少し迷うのは足浴の湯をいつ準備しておくかということです。あまり早く準備しておくと冷めてしまいますので……。なので少し熱めの湯を準備しておいたりしています。ここはもっとこうした方がいいというところがあったらぜひ教えて下さい。よろしくお願いします。

（看護学生、Iさん）

手際の良さ（介護通信68号感想）

介護通信68号届きました。ありがとうございます。技術は経験でしか身につきませんが、皆さんの工夫を知ることで大きなヒントとなります。一月から外科↓神経病院↓老人介護保健施設と実習に行き、現在は産婦人科にいます。実習では沓掛さんの書かれていた、手際の良さを考えて動く事の大切さを感じます。まだまだ学ぶ事が沢山あります。一生勉強ですね。

（看護学生、Tさん）

私もすっきり――胸押し

昨日の胸押しは気持ちよかったですね！　佐々木さんももちろんすっきりされたと思いますが、胸押しする側の私もすっきりしちゃいました。

今までは、「側胸部から肺の中の痰を搾り出す感じ」と、自分の中での胸押しのイメージに捉われながらやっていたんですが、改めて、佐々木さんの介護通信の「浮き輪の空気を抜く感じ」という文章を読んで、「おぉ！　確かにそんな感じ、そんな感じ」と思いました！　浮き輪の空気を抜く＝肺胞の空気を抜く、ということなんですね！　肺胞の空気を抜くことで、散在している痰を大きな塊にまとめるんですね。

ただ、いくら胸押しをして、痰を大きな塊にまとめても、それが肺の奥の方にあったのでは意味がないと思います。胸押しの後に吸引をした時に、痰をとりやすいように、外から内側に胸押しをすればいいのかな、と思い実行しています。どの程度効果があるのかは分かりませんが（汗）。でも、多分こういう基本を一つ一つクリアしていくことが大切なんですよね！　と自分に言い聞かせてみたり（笑い）。　（看護学生、Yさん）

資料

†自己紹介

〈居住地歴〉香川県長尾町、高松市、大阪市旭区、北区十条、浦和、荻窪、西荻窪、阿佐ヶ谷、武蔵小金井二カ所、葛飾区立石、日野、豊田、武蔵村山、聖蹟桜ヶ丘、府中市日鋼町、府中市四谷。小金井で焼け出されたり、阿佐ヶ谷の同じ時期に、「わの会」の竹村さんやヘルパーの小堺さんが近所住まいだったり、おもしろいものですね。

〈学歴〉長尾小、長尾中、高松一高、中大法学部。途中寄り道あり。学生運動学科出身の感強し。

〈アルバイト歴〉ピーナツの皮むき、土木工事、ビル建設雑役、測量手伝い、とんかつ屋出前、レストラン皿洗い、東京新聞世論調査、夜警、都政新報電話番、農業新聞資料整理、汐文社校正など。デパートの夜警で真夜中のペットのワニとの格闘、正田美智子—今の皇后の父親の社長室も夜だけ出入りなど、夜警も楽しく。

〈職歴〉ベースボールマガジン社。東京土建日野、府中国立、本部、小金井国分寺、本部。税金調査対策、組合員拡大が得意。健保改悪反対闘争の頃、国会の傍聴席からヤジの多い自民党席に向い「だまれ陣笠」と大声でヤジると全員総立ちで「あいつをつまみだせ」。かけよる衛士につまみだされたのも、なつかしい思い出の一コマ。

〈趣味〉将棋三段、読書、野球観戦―昭和三一年よりライオンズ一筋

〈家族〉妻、一男、三女

†私の日常（二〇〇六年四月）

食事……家族同食（ミキサー食三回）、経管栄養剤六〇〇cc、日本酒一日三〇〇cc、すべて経口摂取。

一日の過ごし方……横になりベッドで一二時間（一一：三〇～一四：三〇、一八：〇〇～二〇：〇〇、二三：〇〇～七：〇〇）。座位で一二時間。パソコン六時間三〇分（七：〇〇～九：三〇、一六：〇〇～一八：〇〇、二〇：〇〇～二二：〇〇）。その他の時間、食事、トイレ、口腔ケア、テレビ。

パソコン入力方法……顔と首を振ることでタッチセンサーでMacintoshのキネックスを使用してパソコンを操作する。

†発症後の経過

一九九六年一月　右上肢筋力低下で発症
一九九六年春　右手の力が落ち、ものを落したり、利き腕の役割をはたさなくなる
一九九六年六、七月頃　時々長時間立った後、右足の踏み出しがうまくいかなくなる。
　筋力低下と筋萎縮は右下肢↓左上肢↓左下肢へと進行
一九九六年九月　都立神経病院に、検査入院、諸検査。一ヶ月の入院となる
一九九六年一一月　筋萎縮性側索硬化症との告知をうける
一九九六年一一月から年末　職場の仲間の好意にあまえ、最初の休職
一九九六年一一月　主治医のすすめにそい、日本ＡＬＳ協会本部を訪問
一九九七年二月　構音障害。六月、嚥下障害出現。一二月、屋内掴まり歩行
一九九七年五月より制限勤務のまま勤務地を居住地である府中に移動
一九九七年七月　松本会長を秋田の八郎潟に訪問
一九九七年一一月より二度めの休職
一九九七年一一月　自宅で転倒、こめかみ付近を切り、五針縫う。スーパーマーケット
　で転倒、前歯二本折る。車椅子使用開始
一九九八年八月　立位保持不可

一九九九年一二月九日　痰喀出困難と嚥下障害のため、気管切開（咽頭全摘出施行）
二〇〇〇年一月三〇日　夜間のみ人工呼吸器装着開始
二〇〇〇年三月　退院、在宅療養開始
二〇〇二年四月　二四時間人工呼吸器装着、妻退職
二〇〇五年一月　検査入院（二〇〇〇年三月退院時と大きな変化なし）

†私の社会参加

一九九六年一一月　主治医のすすめにそい、日本ＡＬＳ協会本部を訪問
一九九七年四月　ＪＡＬＳＡ総会で、東京の患者数名が初めて顔を合わせた
一九九七年七月　松本会長を秋田の八郎潟に訪問
一九九七年一一月　お互いの情報を交換しあおうと、『希望』の発行を開始
一九九七年一一月　「府中地域福祉を考える・わの会」を結成
一九九八年春　様々に激励会続く
一九九八年五月　五〇人もの人たちが、五一才の誕生会を盛大に開いてくれた。声が言葉にならず娘に代読してもらう
一九九九年一〇月　府中小金井保健所で最初の講演（「神経難病ＡＬＳとむきあって三年

半」本書収録）
一九九九年一〇月一七日　「おかえり結一郎（長男）」発行（本書収録）
二〇〇〇年五月一日　『週刊ＡＬＳ患者のひとりごと』発行（二〇〇六年四月現在一九三号）
二〇〇〇年九月五日　『介護通信』発行（二〇〇六年四月現在七三号）
二〇〇二年　吸引問題署名運動に手紙とメールで参加（五五〇〇人分集まる）
二〇〇三年　厚生労働省による吸引問題検討会開催。厚労省に傍聴に行く（五回）。
二〇〇三年七月二二日　民主党のヒアリングに参加。参議院議員選挙より、在宅郵便代筆投票が開始される
二〇〇三年七月　「わの会」がＮＰＯ法人取得、理事長就任。ＡＬＳゲノム解析に協力参加の呼びかけあり。「ＡＬＳゲノム解析に協力参加」のアピールを出す
二〇〇四年一月　ＮＰＯ法人「わの会」介護保険事業開始、妻再就職
二〇〇四年二月一日　三幸福祉カレッジ難病講座で講演（「ＡＬＳ患者としての私の目標」本書収録）
二〇〇四年五月九日　徳州会病院のセミナーで講演
二〇〇四年五月一二日　日本神経学会と同時に開催されたＡＬＳセミナーで報告（「無念

の慟哭を、その魂の叫びを重く受けとめて」本書収録）
二〇〇四年六月　『きらっといきる』ＮＨＫ教育テレビ出演
二〇〇四年六月二七日　福井県支部総会で講演
二〇〇四年一〇月一〇日　三幸福祉カレッジ難病講座で講演（「共に創る介護—生きるための物語を、生きてよかった物語を」本書収録）
二〇〇五年六月一八日　三幸福祉カレッジ難病講座で講演
二〇〇五年七月四日　ＡＬＳ協会の呼びかけのもとに公明党労働部会へ障害者自立支援法について要請
二〇〇五年八月二八日　「わの会」コンサート主催
二〇〇五年九月一七日　徳州会病院のセミナーで講演
二〇〇五年九月二四日　三幸福祉カレッジ難病講座で講演（「前を向いて生きる」本書収録）
二〇〇五年一〇月二一日　東海大学で講演（「呼吸器装着者の思いと介護」）
二〇〇六年二月二六日　渋谷区患者交流会で講演
二〇〇六年四月五日　イ・ヒアさんとの懇親会（わの会で）
二〇〇六年四月一六日　山梨支部患者交流会に参加

二〇〇六年四月一七日　ＡＬＳ協会東京支部の呼びかけのもとに日本共産党の障害者自立支援法の学習会に参加
二〇〇六年五月六日　都立神経病院の患者交流会に参加

あとがき

　二〇〇〇年三月気管切開をして呼吸器をつけて退院、在宅療養をはじめた。その年の五月、声が出なくなったことを契機に、ヘルパーさんたちへのお願いや、いま思っていること、考えていること、子供たちに書き残しておきたいことを『週間　ＡＬＳ患者のひとりごと』というものに載せ発行してきた。二〇〇六年四月現在一九三号、メールなどで約六〇〇人に送らせていただいている。これらを本にしないかという、ありがたい提案があり、刊行させていただけることになった。なお介護についてのお願いを、別に『介護通信』というものにして発行してきた（現在七五号）。四九年の健常者人生、一〇年のＡＬＳ（障害者）人生、二つの人生から見えてくるものはたくさんあった。

　発症後、二度どん底を経験した。一度めは告知後転倒による大けがが連続した頃。餅を喉につまらせ、救急車騒動もあった。「人間はこんなにも簡単に死ぬのか」と思った。病気の進行に気持ちがついていけなかった。「なぜ俺が」「なぜこの時期に」ずっとこの疑問と対峙していた。

二度目は、気管切開の直前とその後の三ヵ月であった。このころ、恐怖と怒りが混在する気持ちのなかで、二度号泣した。生まれて初めての経験だった。

それらを乗り越える転機になったのは、ひとつは「出会い」、もうひとつは「行動」だった。この中にALSの受容も一定のALSの克服もあった。さらに、人生観を変える発見があった。それは、やさしさの発見であり、やさしさにはやさしさが対応し、やさしさは連鎖すること……。

その連鎖の中に「海（かい）くん」と「イ・ヒアさん」がいた。

お母さんが勤める病院の院内保育所で、水の入った洗濯機に頭から転落し、低酸素脳症による植物状態となりながら、のりこえ生きる西原海くん。気管切開して六年、たくさんの愛につつまれて一三歳、その海くんが、縁あって二年前広島から我が家に来訪することがあり、交流が続いている。

イ・ヒアさんは先天性の障害により、両手の指が二本ずつしかなく、膝下から足がない。指の力を鍛えるため、五歳よりピアノを始める。七歳で学生音楽コンクールにおいて最優秀賞を受賞。一日一〇時間に及ぶ練習は、彼女には過酷なたたかいであった、と聞く。翌九三年六月、第六回全国障害者芸術大会で最優秀賞を受賞。その後コンサートで世界をまわっている。今年四月五日イ・ヒアさんが都内の福祉専門学校の二〇〇〇人の新入生にピアノ演奏をした後「みなさんも目の前の困難に立ち止まらず、あきらめず、夢がかなうよう進んでください。私はヘレンケラーのように、乙武さんのようになりたい」と呼び掛けたその夜、府中市でのわの会との懇親会にかけつけてくれた（本書のカバーにその時の写真を使わせていただいた）。

「握手したら天使のようなあたたかさ、やわらかさに感激した」と、ある視覚障害の方が言われた。奇しくも海くんに会ったとき誰かが話していたことと同じ感想だったことを、このあとがきを書きながら思い出している。

今年私のＡＬＳ人生は一〇年になる。先月にも希望の会の仲間の訃報があった。この会で知り合った多くの患者が亡くなっている。改めてＡＬＳの苛酷さを思い知らされている。

この間数えきれないたくさんの人びとのご支援、そして二四時間医療、看護、介護にあたってくださる方々のお世話になっている。もとより、家族の支えぬきには私の療養生活は一日も成り立たない。妻、子供たち、きょうだいたちをはじめ、多くの人々の愛情に今日まで支えられてきている。何よりも、ＡＬＳ以外病気に無縁な健康な体に産み育ててくれた両親に感謝している。とくに父亡きあとの母には、言葉につくせないほどたくさんの心配と苦労をかけている。「ありがとう」と、遠く故郷にいる母に伝えたい。

この場をかりて、改めてすべての皆様に心より感謝とお礼を申し上げます。また、元の職場の上司新島常嘉氏には、発症以来欠かすことなく定期的に物心両面のご支援をいただいている。記して深く感謝いたします。

出版にあたっては、学生時代の友人である斉藤邦泰氏、小栗崇資氏、名古屋研一氏に全面的にお世話になりました。心よりお礼を申し上げます。

読者のみなさんへ

首から下はどこも動かない「障害一種一級」「介護度五」の私の目標は『発信する、行動する、仕事をする』。ただ、その「発信する」にも、発症前の十倍以上時間がかかる。「本」と書くのに一二回スイッチを押す、「出版」と書くのに二五回スイッチを押すとしても、たとえば、昨年のメール発信数は約一五〇〇だった。結構やれると思っていただけたらうれしい。

どんな難病でも、どんなに重い障害を抱えていても、人間らしく生きられる、社会に貢献もできる。必要な環境（私の場合介護体制とパソコンの維持、管理など）を社会が整えることが出来さえすれば、と思っている。

介護を受ける当事者の発信をまとめたこの本が、様々な困難を生きる人びとの一助となれば、このうえない幸せです。

二〇〇六年四月

佐々木公一

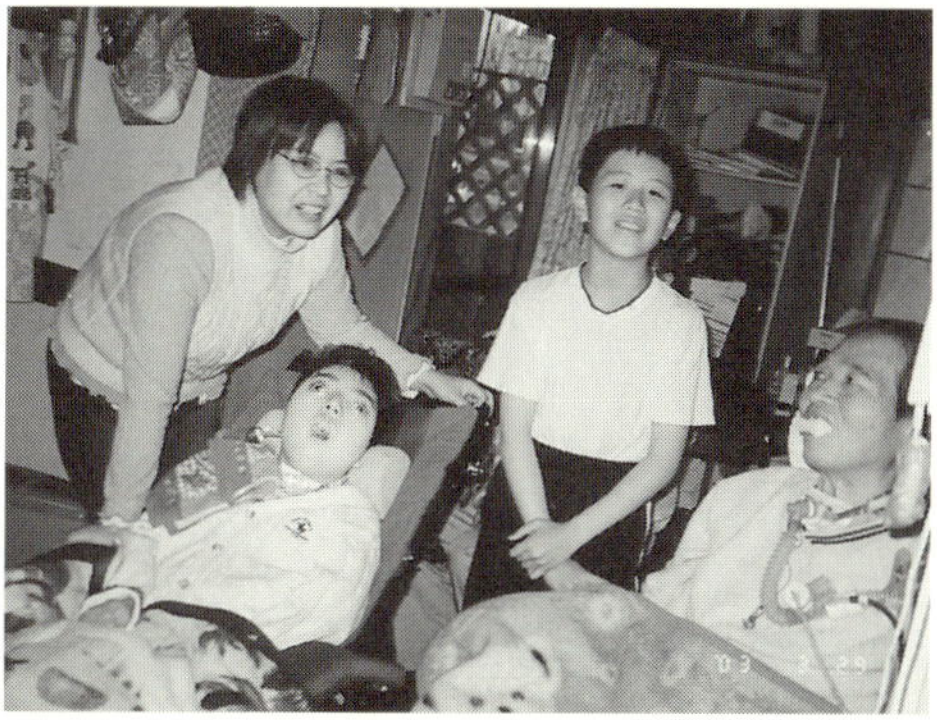

左側、海くんとお母さん。交流は今も続いている

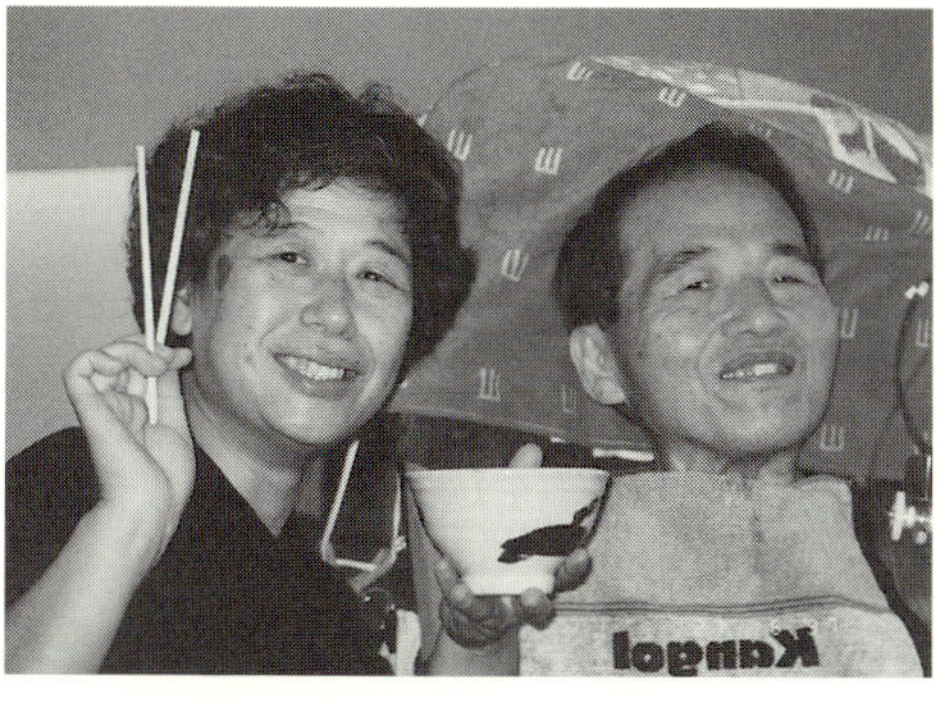

佐々木　公一（ささき　こういち）
1947年香川県に生まれる。
中央大学法学部卒業後、ベースボールマガジン社に入社。その後東京土建一般労働組合に就職。ＡＬＳ発症後1998年退職し現在に至る。
詳しくは本書巻末「自己紹介」「発症後の経過」「私の社会参加」を参照。
ＮＰＯ法人わの会理事長
ＮＰＯ法人在宅ケアを支える会理事長
日本ＡＬＳ協会東京支部運営委員
三幸福祉カレッジ臨時講師

自宅住所　〒183-0035
東京都府中市四谷４－51－26
ブログ：http://blog.livedoor.jp/alsinfo/
ホームページ：http://www.arsvi.com/0w1/sskkuic.htm
メールアドレス：hamu@shikoku.interq.or.jp
なお、インターネットで「佐々木公一」で検索すると関連の通信等が全て読めるようになっています。

やさしさの連鎖―難病ＡＬＳと生きる

2006年６月１日　初版発行

著　者　佐々木　公一
発行者　名古屋　研一

発行所　㈱ひとなる書房
東京都文京区本郷２－17－13
電　話　03（3811）1372
ＦＡＸ　03（3811）1383
http://www.mdn.ne.jp/~hitonaru/

印刷／モリモト印刷株式会社